长亭听云

杨匡汉 著

陕西新华出版传媒集团
陕西人民教育出版社
·西安·

图书在版编目(CIP)数据

长亭听云 / 杨匡汉著 . —西安:陕西人民教育出版社,2017.7
(当代新诗话 . 第二辑)
ISBN 978-7-5450-5500-9

Ⅰ.①长… Ⅱ.①杨… Ⅲ.①诗歌评论—中国—当代—文集 Ⅳ.①I207.22-53

中国版本图书馆 CIP 数据核字(2017)第 184171 号

CHANG TING TING YUN
长亭听云
杨匡汉 著

出版人 黄平利
策划 田和平 马晓侠
责任编辑 杨 丰
责任校对 史丽军
装帧设计 沈 斌

出版发行 陕西新华出版传媒集团 陕西人民教育出版社
(西安市丈八五路 58 号 邮政编码 710077)
印刷 中煤地西安地图制印有限公司
开本 787mm×1092mm 1/32
印张 5.5
字数 180 千字
版次 2017 年 7 月第 1 版 2017 年 7 月第 1 次印刷
书号 ISBN 978-7-5450-5500-9
定价 26.00 元

杨匡汉

当代学者，文学理论批评家。1940 年生于上海宝山。先后就读于北京大学中文系和中国人民大学新闻系。现任中国社会科学院文学所研究员，博士生导师；中国当代文学研究会名誉副会长，中国世界华文文学学会监事长，北京大学中国诗歌研究院研究员，中国出版集团学术顾问。享受国务院特殊津贴。主要从事中国当代文学、诗学及海外华文文学研究。已出版学术专著《缪斯的空间》《时空的共享》《艾青传论》《诗美的积淀与选择》《中国新诗学》《中华文化母题与海外华文文学》《古典的回响》《中国当代文学路径辨正》《玉树临风——杨匡汉选集》，以及散文随笔集《东山有雨》《渔阳三叠》《莼鲈之思》，并主编《20 世纪中国文学经验》（上下卷）、《共和国文学 60 年》《开放文丛》《20 世纪 90 年代文学观察》等多套丛书。获国家图书奖、中国当代文学研究成果奖多项。

大珠小珠落玉盘

——《长亭听云》序

王　新

昨夜,《长亭听云》挟卷着花瓣与珠玉落到我的案头。

这让久困于今天学术工业密林的我,不由得怀想起少年时在湘中农村与数卷古典诗话晨昏相伴的时光。那时书香,桃花袭面,珠玉走心,古典诗情、诗意与诗思,如此发肤体贴地沁润了我鬓发青青的生命。及至后来,从事中国艺术研究,才渐渐明白古典诗话、词话、画品、书论、香识、园冶、琴况,看似大珠小珠,落英缤纷,一打开,背后实是牵连着中华文化一派杂花生树、草长莺飞的健康人文生态。

此般人文生态系统之生命精蕴,其实就是闲、达、和、雅。

所谓"闲",即心"空",是中国古典审美创造者、玩赏者的惯常心灵状态,且此状态本身是略近于现象学的、极具审美情味的:切断了功利,搁置了目的,消解了理性,无所事事,无有用心,"一水绕孤岛,闲门掩春草","台上绿萝春,闲登不待人","试凭堂中几,闲看窈窕门","妇姑相唤浴蚕去,闲着中庭栀子花",凡此诸种,不着意,不苛求,在中国艺术中俯首可拾,似乎也为中国古典人文所独有。“闲”是中国古典人文创造的起点，也是创造的终果。

所谓“达”者，通也。在中国古典人文生态系统中，无论艺术品类的诗、书、画、印、乐、香、园，还是文化中的经、史、子、集、文、史、哲，皆深源通达，尤其讲求文以化人、艺以养人，最终落实于文品通、艺品通，也就是文如其人，书如其人，画如其人。

所谓“和”，即各美其美，美美与共。

至于“雅”，则是精致幽微，存乎细节也。

如此四者同气相求，顾盼有情，花叶相生，共同生长在天人和合、自然随顺的皇天后土上。

然而，此般人文生态，在当今数字化、工具化、功利化的学术工业体制中，早已山遥水远，难以想望。

好在还有沈奇先生主编的现代诗话丛书，还有《长亭听云》。诸位先生热心阅世，诗眼观心，在滔滔现世，还一枝独秀地、执拗地牵连着古典人文生态的健康丝缕。现代诗话，自然是从古典诗话“创造性”转化而来，除了学术价值，如果要有文体创建意义，我想有三道传统精神泉脉不可忽视：语录体的性情书写、古典艺品的幽微品味与佛禅公案的识见透入。西学渊源兹不论。而此三者，又皆须在中华古典人文生态系统的大背景中宏观瞻视。

由此而言，好的诗话，无论古典与现代，皆须富有三种美质：有性情，有品味，有识见。

有性情，即性情真纯，如王国维所谓“不失赤子之心者也”。我们在《论语》中，可以看到好色、好吃、会哭，“望之俨然，即之也温”的孔子，正是柴米油盐不掩赤子之心者也。好的诗话，自然当借鉴儒家语录体，在日常生活的温暖气息与柔软细节中，疏影横斜，花枝摇曳，闲笔，信笔，冗笔，写真心和大义。

有品味，即品味幽微。人诸感官中，以味觉最为微妙，亦与中国艺术品赏最为相通。艺术之美，多存乎细节与分寸，故须烛隐显微，品味幽微。中国古典画论、诗话等专擅此美。清王澍《论书剩语》言“以拔山举鼎之力，为美女插花，乃道得个‘和’字”，乍看矛盾，实质言相反而相成的“张力”及线条质感，似轻实重，举重若轻，恰可对应倪瓒绘画的用笔：轻松写去或拖去，而劲力内涵，力透纸背，圆成，厚味。无独有偶，王国维在《人间词话》中说：欧阳修“人生自是有情痴，此恨不关风与月”“直须看尽洛阳花，始共春风容易别”，于豪放中有沉着之致，所以尤高。此品赏与前王澍论书庶近之，皆赖体察幽微的真赏灵心。

有识见，即洞彻深远，在寻常处见出常人所不能见，如禅师所言，有“透网金鳞”之诱入感。此种下转一语、机锋透入与棒喝顿悟的识见，在禅宗公案中随处波光闪烁，觉人心智，尤其以故事与意象，隐秀洞见的艺术手腕，更当深鉴。顾随诗话、词话，深富洞见，即是得益于以禅说诗，姑举一例，比如王国维先生说古今成大事业、大学问者，必经三种境界：昨夜西风凋碧树，独上高楼，望尽天涯路，此第一境也；衣带渐宽终不悔，为伊消得人憔悴，此第二境也；众里寻他千百度，蓦然回首，那人却在灯火阑珊处，此第三境也。顾随先生自开蹊径，只眼别具，以参禅功夫比附，言，第一境发心也；第二境行脚也；第三境顿悟是也。如此识见，真真让人有醍醐灌顶、豁然开朗之感也。

毫无疑问，杨匡汉先生的《长亭听云》正是有性情、有品味、有识见的现代诗话。书中《长亭谢师》章，捕捉与收藏了他与冰心、艾青、郭小川、冯牧、臧克家、朱光潜、钱锺书、吴世昌、卞之琳、萧乾等诸位先生学脉心传的涓滴剪影，虽重思致，但饱蘸浓情，情真意远。吾生也鄙，自然无从得见匡汉先生，然从此真情汩淌的文字，已然心会先生之真纯性情也。所谓品味，先生乃现代诗学大家，毕生亲近诗歌，咀英华，漱芳润，自然幽微锐敏，曲有高致，可不赘论。至于识见，正是其学者与思者之当行本色，在书中黄金遍地，片语烁烁，真如朗朗，直指本性，豁人心智，如其言意象的“动力型”特性，归纳意象的五种类型；如分析佯谬语言的“佯谬”，即是假谬而非真缪，须在“反常”中寻求“合道”，即导向佯谬的第三层次——佯谬的还原；如指明诗悬一线，若果“忧患”这条线断了，现代诗易成一地碎片。凡此种种，不一而足。

特别值得一说的是，不知是有意无意，该书特别葆有了古典诗话鸢飞鱼跃、披美缤纷的人文生态：有关于时空的哲思，关于充实与空灵的风格评赏，关于诗美细节的娴雅玩赏，有学脉心香的旧事怀想，诗性智慧的反思对话，体裁丰富，笔致活泼，徐徐展卷，云兴霞蔚，如行山阴道上，让人应接不暇。

千古诗心，斯文一线。出于景仰，出于敬畏，只是趋附，只是追随，是以郑重为序。

［王新，男，湖南宁乡人，美术学硕士，思想史博士生，现为云南大学艺术与设计学院副教授，副院长，从事艺术史与思想史研究］

目录

小　引

刚日读史，柔日谈诗。

诗，是这片大地上的青草，春绿秋黄，一枯一荣，年年岁岁。诗，让我们的生命得以延续；诗，让我们的叹息得以表达；诗，让我们的灵魂得以安宁。

诗——行至水穷处，“字字”云起时。

红叶萧萧长亭酒，岩上无心云相逐。在时光如注中寻找现实与心灵矛盾的默契，那就是面对物欲而蕲求温馨；面对异化而活进“诗意”；面对流俗而坚守精神；面对冲突而走向对话；面对“遗忘”与“狂欢”，承载自省的疼痛和心智的焦虑。

在这个云山推涌而价值极易下滑的年代，诗人呵，请护持思考的空间、自由的单立和率真的理念。

沉稳大气，乃见云白心静。静在旷野清风往来之处，稳于皎皎云月行影之所。难怪古往今来的大诗人，向往山川、张望晴空而泰然自若，成其心性，也炼就品行。君子比德如玉，诗人所咏若兰。凡所月旦，意蕊心香，均隐现其间神、气、骨、肉、血的培壅。

昔人已乘白云去，长亭仍留写诗人。白云和黑土的厚谊，在挽手之间；长亭和诗歌的情分，在唱叹之际。博尔赫斯言

“记忆建立时间”，我想说的是，诗文可以建立时间，刻痕记忆，穿越黑暗，追逐梦想。

今日之新诗，需要“缩龙成寸”而见内心的远方，“大开大合”而有文凝的时空，“移情动魄”而显思想的力量。

李白词云：“何处是归程？长亭更短亭。”诗学历程与人生历程，同样瑰丽又漫长。

本书系拼拆缀补而成。辑录端绪，仅属诗与思的碎片，涓滴之微，识愧不已。恭疏短引，略呈芹献，若为高流郢政，泥首以谢。

Ⅰ　思维空间

一

根据东方的奇妙传说，诗人的一滴眼泪落在海里，就会变成一粒珍珠。在审美和文学的趣味给予我们陶冶而成的特殊生活中，崇高而优美的诗篇一如珍珠般光彩夺目，使所有走向现代化、走向未来的人们，得着灵魂里的爱情。

大自然给了我们一个家庭，而诗歌又为我们缔造了第二个家庭。

诗正在通过春雨，通过旋风，越过时间和空间的界线，去寻找分散在天南地北的人们，并在他们之间建立高尚的情感交流。

二

从事当代诗创造的人们身上都有一个反映镜，这就是对世界、生活的观察；也都有一个蓄存器，这便是对真理、善良、美好的追求和热爱；还都有一对翅膀，这就是在新的地平线上振翼翱翔。

就历史和现实而论或从逻辑发展而言，在一个民族的新的黎明时期，诗在广阔的天地中是光彩夺目的。迎向未来的诗歌，最终总要归结到蔚蓝的天空及深深的海洋。

三

中国新诗已经重新开始同这个世界对话。越来越多的诗人开始了关于诗的智力空间的思考。

人们发现：诗饱含着思想，但并不是仅仅以思辨去宣传思想；诗饱含激情，但并不是声嘶力竭地倾吐豪言；诗是现实的，但并不是在同一平面上复制生活；诗是历史的，但并不是照搬人所共知的传说故事；诗是文化的，但并不是皮相地对横卧的长城去做大同小异的演绎；诗是流动的，但并不是只按照时序咏叹而无视多维空间；诗又是结构的实体，但并不是线性的任何形式的因果链。从结构空间的能力上把握诗的丰富与深刻，已成为我们创作与批评的重要出发点。

四

恩格斯认为："一切存在的基本形式是空间和时间。"①

时空是物质世界（包括作为血肉之躯的人类自身）客观存在的最基本的形式。通过社会实践，我们获得了"时""空"这

① 恩格斯．反杜林论[M]//马克思恩格斯选集：第3卷．北京：人民出版社，1972：91.

两种基本的感性框架(表象、观念)。我们在观察万事万物时，首先看到事物都是以一定的先后延续(时间)和上下左右的活动场所(空间)来表现其现实之存在。因此，“时”“空”表象或观念不带有先验或先天的性质，它作为客观物质的存在形式，通过一定的社会实践(诗歌创作也是一种社会实践)，逐渐被移入并沉淀于我们的主观意识之中。

五

时空的客观性(物质运动的形式)并不仅仅是社会实践赐予的，就像不是因为使用一个地球仪作为空间的地球的概念遂成了客观一样。定向反应的时空感觉，由于是个体感知的反映，其主观性和差异性相当明显，而且对于精神产品的创造者来说，还要求语言符号、艺术符号的严格规范。

爱因斯坦曾指出过对于时空不同的主观体验：“对于个人，存在着一种‘我’的时间，即主观时间。”[①]空间自然同理。“真实”的空间从一定层次上讲，也是个体的、主观的、不同质的。它与观察者的坐标有着紧密的联系，因而具有相对性。它依赖于个体(观察者)的运动状态。主客观的对应，产生着处于不同历史时期不同的人们的空间表象与观念。空间与感性直观相生相长，由外在实践活动转化和形成的内在理性，积累与沉淀在人世经验之中，逐渐形成一种由狭隘到广阔、由简

① 爱因斯坦. 相对论的意义[M]//爱因斯坦文集：第1卷. 北京：商务印书馆，1983：156.

单到复杂、由初级到高级的空间感。

这种空间感，对于诗人来说特别灵敏，也十分突出。难怪刘勰在《文心雕龙·神思》里强调“神思方运，万涂竞萌，规矩虚位，刻镂无形。登山则情满于山，观海则意溢于海，我才之多少，将与风云而并驱矣”。

六

一首诗之所以能引起诗者普遍的反响或者说具有永恒的魅力，一方面是因为它通过结合一定的空间和特殊的民族文化心理对人类的普遍经验做了深入的探索，另一方面则在于它传达情感意境时独创的和特殊的表现方式。

就表述力而言，从荷马、屈原到歌德、艾略特，文字艺术并没有明显的发展，但从古代到现代，感情和时空的变化是翻天覆地的。究其原因，主要是由于人对自身、对世界、对宇宙的认识取得了巨大的进步，以及社会历史的进程发生了根本性变化。那么，对于诗歌来说，要求创作者拓展思维空间、摄取新的灵感，就有着特别重要的意义。

七

如果试图规范诗歌，不是从说明通常使用这个名称的必要性出发（我这里无意贬低诗歌理论界长期以来对诗歌定义所做的众说纷纭的学术探讨，而且确认这种探讨的有益性，相信真理将会在不断的论辩中呈现出来），而是从确定它所企及的那个目标的合理的感知以及可以实现其美学原则的那个高度出发，我们不妨这样表述：诗是缘情言志、独标情愫的艺术，是感觉敏锐、心灵开放、语言简练、崇尚激情与想象、有韵律（外形律与内形律）的时空综合的艺术。

诗歌使我们获得了一种高感情和高艺术的平衡，一种从因循和混沌中产生出来的灵魂上的和谐，一种让人生的星辰照向浩瀚的宇宙的延伸，一种对深刻的信念与足以能解释现实的理想的呼唤与向往。

八

在理解诗歌时，多少年来，我们有将其理解为“诗画一律”（视觉艺术）或“诗乐一律”（听觉艺术）的倾向。

过分地强调“诗画一律”，将诗有绘画美的特点简单地夸大为诗美的全部，就可能造成诗中画和画中画的等同，如同莱辛所批评的，“让画占有诗的全部广人的领域”“导致追求描绘的狂热”。“诗画一律”要求把诗中的实体形象描绘得栩栩如生，而不是从美所产生的效果中去暗示美，或抓住最有特征的动作瞬间给人以美的遐想。

“诗乐一律”也有类似的偏颇，即把诗之音乐美仅仅理解为形式上的对称、整齐、动听、上口，却忽视了另一方面更为重要的内涵——内在的音乐美。这就使诗这一兼有画与乐、视觉艺术与听觉艺术之长的、特殊的“混合”艺术徒具某种空间艺术或时间艺术之外形，降而成为仅仅用文字或线条表达的东西。这些偏颇都是皮相地看待诗的结果。

九

极端的写实派作者的通病就在于失去了“物我”之间的“距离”，没有一点“空间”。例如，把人们一时所热衷的问题当作题材，对其仅做表面、浮泛的铺写。这样的诗作或许会引起一些轰动，但人们以浓烈的兴趣所关注的往往是当下的问题，而并非诗歌本身。这时，诗作可以说是实用的，但不一定是审美的。而太实用的东西不免形式上的轰轰烈烈，如一涉泛滥，就可能引发反作用，滋生麻木与冷漠。所以，这类主张还是变相的形式主义，因为它过于看重“再现”而忽略“呈现”，过于强调“切近”而忽视“超越”，把诗艺看得太“直接”乃至“直捷”了。

与此相关的是，要求诗作从内容（意义）到形式（形象、图景、音节）都像画作那样一目了然，像音乐那样悦耳动听，而没有将其视为雅驯的艺术，没有将其从外在的题材、画面的束缚中解放出来，成为所谓净化了的“自由的感受”，也没有赋予其更多的想象和抒情的自由。

十

我们在强调诗歌应当走向审美时，并不一般地否定它的现实性的直接功利，因为作为社会现实的人总还希望通过某些诗去了解、观赏与自己有关的时代、生活和人生；我们也不一般地否定它在音律、声韵、节奏方面的追求，因为如果将它与人类的情感结合在一起，确实可以达到一定程度的和谐与完整，但是，正如歌德所说，诗的基本原则是"太属于精神世界，太缥缈了"①，而精神这一和外部世界息息相通的"内宇宙"，本身既复杂奇妙，又空间开阔。它是一种对体验自由的经验的谋求。诗美活动则是一种人的精神解放的象征性满足。因此，任何把诗人与诗作限制于孤立、封闭、表层的格局里的行径，任何把模拟程式化、把韵律程式化的做法，都将违背精神的和诗的空间所固有的生动、自由的本质。

诗人通过一己的忧乐而体验到自己作为具有审美自由的人的存在，通过审美的桥梁连接个体和整体，从而在全部真实性的基础上把握特定的对象，使之自由地感知生命的气息。这是他们的审美的力量、欢乐、自信和骄傲。空间的拓展越充分，思想的意向越丰厚，整体聚合的程度越高，内部律动和外在情境之间的张力越大，诗情就越能在这一天地里自由驰骋。

十一

诗作为时空的综合艺术，诗人作为新的艺术空间的开拓者，和整个人类思维结构的进化线路相呼应，在空间思维上也体现了诗的演进方式，体现了思维方式的改变与发展。

从总体上看，诗人的空间思维是指向有序化的方向的。其动态行程是从孤立态向开放态发展，从低维向高维上升。随着信息流量的不断增大，一个趋向完整的坐标系逐步在诗

① 爱克曼.《歌德谈话录》[M]. 朱光潜，译. 北京：人民文学出版社，1978：151.

人的思维中形成。正是从这一意义上，诗歌的走向开放与走向繁荣同诗人们建立多维的思维范型紧紧地联系在一起。

十二

诗的空间和真实的空间是有区别的。其区别就在于后者是实有的，而前者是被创造出来的。

诗从本来意义上说并不是一种关于实有空间中的一切事物的叙述，而是创造出来的驰骋于空间的、作用于知觉的人们的期望，更多地带有幻想的特性。这种创造出来的幻想可以令人在一定的空间联想到真实的事物和真实的地方，但在大多数情况下，则是一种不受真实空间中的真人、真事所约束的自由创造物。

十三

诗的空间和诗中的空间也有区别。

诗中的空间，或者说诗中所展现的空间，常常是一种暗喻，一种包含着公开的或隐藏的真实意义的局部形象。例如“从星星的弹孔中，将流出血红的黎明”，这是一种（局部）空间形象的呈现，“星星”“弹孔”“黎明”既是公开的形象，又是暗喻的形象，象征着烈士的血会换来真实的黎明。

但诗的空间是一个整体性概念，表现为一种终极的、整体的意象，一种充满了情感、生命和表里心物达到最和谐的高远境界。它在“人心通天”中获得，是人们审美感受的华彩乐章。

十四

钱锺书先生曾论及艺术之极境：

盖艺之至者，从心所欲，而不逾矩：师天写实，而犁然有当于心；师心造境，而秩然勿倍于理。莎士比亚尝曰："人艺足补天工，然而人艺即天工也。"圆通妙澈，圣哉言乎。人出于天，故人之补天，即天之假手自补，天之自补，则必人巧能泯。造化之秘，与心匠之运，沆瀣融会，无分彼此。①

诗人和人一样作为空间的一个组成部分而存在，其肉体和精神两方面的生命与空间相关。诗人的物种特性在于他们的活动是自由的、有意识的和创造性地思维着的。从师法空间，到润饰空间，到归于空间，这正是诗创造的圆周运动在空间思维上的复归。

诗的空间意味着创造，意味着艺术与自然辩证地正反结合。这也正是我们对空间思维的认识的一个出发点。

十五

若对空间思维发展的历程做一粗略的概括，我们大致可以将其划分为以"自然思辨"为特征的古代阶段，以"绝对观

---

① 钱锺书．谈艺录[M]．补订本．北京：中华书局，1984：61～62.

念”为特征的近代阶段和以“多维思维”为特征的现代阶段（当然，未来肯定还会有发展，但迄今尚未有哲学家、科学家或文艺家提出更新的预言）。这三个阶段的历程直接或间接地影响诗人对时空艺术的思维。

十六

在以“自然思辨”为特征的空间观发生、发展的古代，人们通过神话、宗教、模拟、想象等，上下求索，找寻着天堂之门。

在古代，人在空间的异化感与企图超越空间的限制而获得自由的热望相克相生，一切都是朴素、自然的幻想。空间对于人们、对于歌者充满了生命，却又高深莫测。朱庇特[①]把世界悬吊在一根黄金的链条上，它的太阳驾着四匹马拉的大车，它的天国在一座巍峨的高山上。《吕氏春秋》提出了“精通乎天地，神覆乎宇宙”的审美主张。艺术地开展对空间的思考化为无数诗人的如缕缱绻和无尽感喟。他们的沉思都出神入化，遐想成为神的启示，希望到达天国盛宴的地方。

十七

杰出诗人的琴上常常有三根弦：空间、心灵和创造。屈原的《离骚》《天问》作为苦难灵魂宇宙化的诗情范型，怨愤之态

---

① 朱庇特(Jupiter)：希腊神话中的天神。

布满空间。“六合之大，万类之广。耳目之所览睹，上极苍苍，下极林林，摧心裂肠，无之非是。辟之深秋永夜，凄风苦雨，郁结于气，宣畅于声，皆化工殴，岂文人雕刻之末技，词家模拟之艳辞哉！”①而陈子昂在《登幽州台歌》里的时空慨叹也为千古传颂：

前不见古人，
后不见来者。
念天地之悠悠，
独怆然而涕下。

诗人极目四望，在宇宙空阔的刹那激起了对小与大、短暂与永恒、有限与无限的沉思，引发了对“小我”存在的自怜，也成为人类生命的一种共感现象。朴素的空间观感和变幻的诗意之光，传送出一个忧患而有追求欲的灵魂。

十八

李白的《古风·其五》也是“自然思辨”的例证：

太白何苍苍，星辰上森列。去天三百里，邈尔与世绝。中有绿发翁，披云卧松雪。不笑亦不语，冥栖在岩穴。我来逢真人，长跪问宝诀。粲然启玉齿，授以炼药说。铭骨传其语，竦

① 黄汝亨. 楚辞章句：卷十七《序》.

身已电灭。仰望不可及，苍然五情热。吾将营丹砂，永与世人别。

诗里不老不死的“真人”和“仙境”，是李白以对现实世界的关注为基础的一次超俗世界的空间遨游，无疑具有中国道教的神秘性和超越性色彩。

衡量这种神秘与超越的价值标准是为了满足现实世界的缺憾，甚至想使人的视野中的空间永恒存在并达到仙境。这当然也是朴素、自然，却又智被愚误的空间思维。诗里的空间的虚幻性和诗的空间的实在性构成了矛盾关系。诗人通过对想象空间的“非直指的指涉”，也能使当初的读者在自己的空间内再创造一个超俗的世界。

十九

世界和诗的另一纪元，开始于十五六世纪的文艺复兴和近代科学的兴起。人类的空间思维能力，通过大量的观察、实验、论辩与演进得以深化。

牛顿力学所获得的突破性成功，使人们似乎认识了宇宙的本质（除了那个神秘的第一推动力之外）。许多人庆幸人类通过上帝的使者牛顿找到了对空间的唯一解释。然而，牛顿崇尚的是一种绝对的空间观。他在《自然哲学的数学原理》中说：“上帝是无时不在和无所不在的，正因为如此，他就构成了时间和空间。”牛顿确认了上帝从永恒到永恒而存在、从无限到无限而显现，从肯定上帝的必然性走向肯定空间的绝对性，又从肯定空间的绝对性走到肯定上帝的至高无上性，在“绝对观念”中走了一个圆圈。

康德一方面认为关于神的存在本体论和存在宇宙论之证明是不可能的，但另一方面却又从牛顿那里接受了“绝对”这一概念，提出了“空间”置于实在物质之先的“纯粹形式”“纯粹直观”之说。康德具有二元论者所常有的性格，一只手摇着，拒绝神进入理性之门；一只手招着，迎接神占据空间。

康德强调空间与感性直观的联系。这一点至关重要，今天仍应引起我们注意。但是，从牛顿到康德的“绝对观念”，随着社会实践的不断前进，已显示了它们在化解空间秩序时无法摆脱的局限。

二十

以“绝对观念”为特征的空间思维，是同企图征服“混沌”“无为”的努力相联系的。科学家、哲学家乃至诗人希望把一切创造成有序化的活动，这一点较“自然思辨”时期是个进步。然而，为使在空间秩序上具有异常完美的品质，这样一种思维方式往往相随而生，即把绝对空间看作是和其他外界事物无关的东西，空间秩序和时间流逝不仅不可改变，而且两者是被抽象地分割开来的。这就直接造成诗人常常以“静固断面”的方式展开对空间的思考。

当我们回溯近代诗歌，特别是西方诗歌时，一方面不能不赞叹诗人们使万千空间景象在玄冥神机之中奇妙地飞动、流颤；一方面在“诗是参与神明”的声浪中，诗所创造的“第二自然”，大多是在同一个平面、在孤立静止的状态下去寻觅底蕴，因而可以将其划归到“断体美学”的阵列。

二十一

当二十世纪来临时，爱因斯坦站在“巨人”——科学前辈的肩膀上，把高瞻远瞩的目光投向宇宙，提出了战略性变革的科学主张——相对论。相对论以运动、空间、时间三者的贯彻一致为基础，指出任何运动总是显示为一个物体对另一物体的相对运动，既没有无时间的空间，也没有无空间的时间，“时”“空”总是相互结合着的。爱因斯坦把这种结合叫作“空间—时间”，而世界上发生的每一事件都是由空间坐标 X、Y、Z 和时间坐标 t 来确定的。

那个原来需要仰仗上帝之力的凝滞、华严的三维机械宇宙终于解体，辽夐的空间以相对协变的态势真实而生动地呈现在人类面前。天上的街市揭开厚幕，地上的生命启动遨游，并在太空播撒自己的歌声与星光。

相对论以及其后的量子论的建立，引起了科学和技术连锁式的突变。整个二十世纪都处于躁动状态。从基本粒子、原子、分子，到细胞、植物、动物，到地壳、天体、宇宙、空间、光谱、音频、引力波等各个层次都逐步被揭橥出来。比起以往的世纪，现代人类的视野无论在深度（微观）或广度（宏观）上都扩大了十万倍以上。人类的洞察力已从原子集团深入到基本粒子内部。人类的眼界能从直径 10 万光年的银河系扩展到 200 亿光年的大宇宙。自动化理论、电子计算机、生态学、天体演化学说、多维抽象几何、模糊数学、博弈论、非标准分析和大量的边缘科学以及系统科学三论(信息论、控制论、系统论)等的出现,汇成了具有鲜明特色,且可以开拓的自然科学领域。人类主动认知宇宙、自然并把握自身命运的时代到来了。

二十一

一股从自然科学奔向社会科学的强大潮流,又一股国家要独立、民族要自强、人民要富裕的历史潮流,二者汇在一起,推动着诗人们投入到更为广阔的宇宙人生,不断地扩大着诗人们的视野,也提高着他们以诗的方式掌握世界的能力。

二十二

面对诗的空间、诗的世界、诗的时代,作为"敏感的神经"的诗歌,必将会做出种种反省:我们能不能再像过去那样停滞于一个思维指向、一个思维角度、一个逻辑规则、一个评价标准、一个智慧结果?我们是不是有必要为开辟一块绿洲而让其周围都变成沙漠?我们长期以来推崇"写实型"或"浪漫型"的诗歌模式,并将其定于一尊,是否符合开放的观念和艺术的规律?我们提倡诗歌须与现实"同步"乃至亦步亦趋,这种观念是否妨碍着人们从现时的精神局限里得到超越?我们在奔向政治的和经济的宏伟目标时,是否需要更多地思考如何寻找曾经失去的精神的太阳?我们陪伴着诗之舟驶向人生的茫茫大海时,从智力的反应到艺术的结构能否成为多元、多向的综合投影和凝聚？

这就是中国当代诗歌界打开视野所面对的图景。我们处在四维时空的交汇点上。我们站在了一个新的地平线上，提高诗的审美层次成为我们的目标。诗的质量尽管由复杂因素聚合而成，却与空间观的强度紧紧相联，问题是智力投资有多少？

二十三

从思维的角度看，我们不妨对从“封闭”到“开放”的缪斯的空间做出如下比较：

- 诗
  - 封闭型诗歌——自足空间
    - 再现物象
    - 时空隔绝
    - 意念提升
  - 开放型诗歌——共享空间
    - 重造现实
    - 时空转换
    - 心理调节
    - 知觉综合
    - 结构形态

二十四

诗是人类与时空异质同构的精魂。从自足空间到共享空间，标示着诗歌超越物质本体，向艺术境界的深化追寻，其着力点，在于创造一个个美的虚体的生活空间，一个个与时空流相呼应、与心理时空相组接，并从诸多关系的有机构成中折射回荡出来的诗意的空间，从而把人类创造的灿烂文明用艺术的形式加以凝聚。

处在共享空间形态的诗作者和诗读者，将不会太过因循传习地对种种探索（包括对封闭型展示方式的新改造）求全苛责，将不会再去求助“以一统万”的仙方，而将为寻求限界思幻、达到外在物化形态与内在心理结构相和谐的艺术情境，开辟广阔多元的审美领域，从而在时空对应与流转运动中展现同现代生活合拍的新的韵律与节奏。获得这一创造意识，也将使我们进一步摆脱封闭的格局，站在打开了的窗户前，望见诗人们所心驰神往的“无向无空阔”的大视界、大情怀。

二十五

诗的空间结构，是诗的组合关系的整体。其组合方式自然不能单一。诗人的本领在于通过对题材的处理，完成一个情绪、经验与想象的复合空间。诗所拥有的审美目标和传达方式的多元性，将天然地排斥空间结构的统一化与规格化。对审美客体多角度的观察，对思绪情感多层次的把握，对言语意象多方位的“布局”，使诗人所创造的空间容纳并体现着活跃的生命与多元的群集。

二十六

由于主体审美意识的介入，诗人对时空关系的潜在感觉将被物化为时空相互作用的动态意象。有的国外论者仅从语句层面将这种动态意象理解为用空间性的词去表述时间性的概念，或用时间性的词去表述空间性的概念，其实应该从更深的层面——词义层面(即时空的同存贮之素)，使动态意象对时空关系不仅造成“符合联想”，同时又造成“响应联想”。这种“符合—响应”系统，为诗创作提出了时间“情境化”和空间“信息化”的更高要求。

二十七

所谓使时间“情境化”，并非从时间性的诗句简单地引出空间观念，而是指为诗里的时间流逝造成整体的空间情境、空间意象和空间变化，超越时间的屏障而进入深邃的境界。

所谓使空间“信息化”，是指抒情状物时引出空间意象的时间化，使事物的位移都载荷着信息，让客体在最大程度上体现诗人对过去、现在和未来的关注、敏感与思索。面对庞大、复杂的客观事物及其位移，诗人们可以采取各种切合的方式使空间意象时间化。

二十八

在诗的空间，最好很自然地输送两个“信息流”：具象产生的可感性信息流和意蕴所散发的启迪性信息流。其意义在于这不仅显示事物生动的位移，更在于因时间的加入而产生着物质形态空间转换的多样变化，使空间对应形式不断地解体、组合、变异，诗人就可以因时、因地，灵活地对特定空间与审美信息进行优化调节。有时，以时序的纵向排列显示动态的空间；有时，以时间的叠层表现事物的重复；有时，让时间只剩下对于片刻的知觉以集中反映现实的投影；有时，也以惊心动魄的“一瞬间”来传达时代和社会的信息……时间化、信息化的多种方式，丰富和发展着诗人多种向度的空间意识。

二十九

诗思维对于时空转换的考察，使我们进一步看到作为诗的对象——宇宙的一切物质形式，都具有一种共时性与历时性（静态结构与动态发展）的关系，其空间对应形式从来就不是自足或孤立的。

这也必然催动诗人，将注意力由过去专注于对物体表面“真实的塑造”的小天地意识，转向以四维形式呈现物质形式本身，并且“以最小的面占有最大的空间”的参天地、赞化育，促成由“自足空间”向“共享空间”的艺术过渡。

Ⅱ　意以象立

一

钱锺书云："诗也者，有象之言，依象而成言；舍象忘言，是无诗矣；变象易言，是别为一诗甚至非诗矣。"

诗依象言，意以象立，神由思载。鸿爪所至，间发吟咏，多以意象而见妙穷津会。

二

尽管人们对于诗歌本性及其创作要义做过诸家纷如的界说，但在诗人那里，他必须依赖其审美直觉和心智向物象的拥抱靠近，否则他将永远无法投入艺术创造。

在我看来，既然诗并不陈述任何可资论证的东西，既然诗并不提供任何关于事件过程的知识，既然诗也并不能被抽象出任何理性思维所需要的概念，那么，诗人与艺术家总要选择诗思本身所展示的一个自然起点——我们可以确认它为"意象"，流行的英译即 image。

三

意象是被创造出来的诗的外观。这种“外观”并非一定要和真实的事物或实在的经验的精确外形相等同或相对应，恰恰相反，它在标准的诗学规范里，不是原先就有的，而是被艺术固定下来的一种反映在审美意识中的虚构事物或纯粹幻想。这种虚构事物或纯粹幻想，体现着世界内在于创作主体的能动性，又呈现某种新的人生经验或理想图景。

一切客观事物——夜空的星群、常绿的棕榈、大河的浪花、情人的明眸、风雨中的闪电等，世界通过它们显示着有限中的无限。自然之光闪耀在种种表象之中，并使人们的情感价值因令人迷惑的相异性而得以充分展开。这种显示与展开所使用的艺术符号是一种终极的意象。诚如苏珊·朗格在《艺术问题》中指出的：“一种非理性的和不可用言语表达的意象，一种诉诸于直接的知觉的意象，一种充满了情感、生命和富有个性的意象，一种诉诸于感受的活的东西。因此它也是理性认识的发源地。”

四

意象主义或称意象派，是二十世纪初英美一次影响很大的诗歌运动。这次诗歌运动于 1908 年发轫于英国，翌年起波及美国，约在 1912—1917 年的五年间形成大潮。

意象派是对后期浪漫派（即所谓维多利亚诗风）的一次反

动。英美浪漫主义诗歌从早期的英雄主义发展到十九世纪最后三十年，以致内容空洞、形象浮沉、冗长累赘，专注于辞藻之华艳而缺少真情实感，暴露了自身的缺陷。于是先有意象诗起来造它的反，呼吁用简明、直接的形象和语言表现刹那间呈示的理性与感性的情结，达到给人的精神在瞬间获得释放的诗感之目的。意象派创始人之一艾兹拉·庞德（Ezra Pound，1885—1972）在《回顾》中说："这种'情结'的瞬间出现才给人以突然解放的感觉，才给人以摆脱时间局限与空间局限的感觉，才给人以突然成长壮大的感觉，这在我们读最伟大的艺术作品时都有所体验。"

其时，艾米·洛威尔（美）、希尔达·杜里特尔（美）、约翰·G. 弗美彻（美）、D. H. 劳伦斯（英）、理查·奥尔丁顿（美）和富兰克林·斯图尔特·弗林特（英）等六位诗人，联合拟出了著名的"意象派六大信条"①：

1. 使用普通人说话的语言，但是要用那准确的，而不仅仅是装饰堆砌的词汇。

2. 创造新的韵律以表示新意境；不抄袭旧有旋律，旧旋律只能表现旧意境。我们坚持自由诗是写诗的不二法门，为它奋斗和为自由而抗争的意义如出一辙。比起传统形式，我们确信一个诗人的个性在自由诗中表现得更好。在诗里，新节奏就是一种新的意念。

3. 允许题材选择的绝对自由。

---

① 参照 Brown：*Poetry of Our Times*，孙作云：《论"现代派"诗》（见《清华周刊》第 43 卷第 1 期，1935 年 5 月），以及友人新译。文字标点略有调整。

4. 要能呈现一种意象。我们不是画家的一派，但我们认为，诗，也应该写出准确的细节，而不应该诉诸含糊的一般化概念，不论它多么富丽堂皇、响亮动听。

5. 写出坚实、明晰的诗，不写隐晦、无定的诗。

6. 我们大多数人确信，凝练是诗的根本要素。

意象派"六大信条"体现了一个流派的主张。不过，这并非严格意义上的、纯粹写"意象"的原则，准确地说，倒是一种新的、更为自由的感受世界与掌握世界的方式倡导，强调直觉，强调表现，强调感性与理性的"情结"，强调思想在瞬间还原为审美感觉，强调新旋律、新形式的创新，以至于把意象的作用看得十分神圣。这一切，都具有了从心理现实主义出发的现代诗歌的某些基本特征。

五

值得注意的是，"意象派"中间有不少诗人对以自然为生命的东方诗歌表现出了浓厚的兴趣，并从中汲取着丰富的营养。

最典型的例子是庞德本人。他在投入意象主义运动之初接触了中国古典诗歌，赞叹不已地表示："我们要译中国诗，因为某些中国诗人们把诗质呈出便很满足，他们不说教，不加陈述。"[①]庞德并不懂汉语，但他根据美国的东方学学者费诺罗萨(Ernest Fenollosa)的遗物——对汉诗逐字注释的笔记，练

---

① Pound. I Gather the Limbs of Osiris//The New Age：6(Dec. 1911)：130.

习翻译了一些中国古典诗歌。在费诺罗萨看来，中国诗里的象形文字，每个字都由意象组成——如太阳在萌发的树木之下谓之“春”，而在纵横交错的树枝后面升起则谓之“東(东)”。这样，中国的诗就完全浸泡在意象里了。

庞德从汉诗意象中找到了同后期浪漫派抽象说理、抒情相对抗的艺术武器，并认为在呈露一个意象或用足够的具体事物的意象去激发读者方面，中国古典诗歌与意象派的主张颇为吻合，可以引进东方这一古老文明，来支持自己的诗学论点。

1915 年庞德有《汉诗译卷》问世，该书被公认为庞德对英语诗歌“最持久的贡献”。他在译作中明显地运用了汉诗传统的语法切断与意象脱节的技巧。例如，他在翻译李白《古风》第六首与第十四首中的“惊沙乱海日”和“荒城空大漠”两句时，将它们分别译成：

惊奇。沙漠的混乱。大海的太阳。
荒凉的城堡。天空。广袤的沙漠。

应当说，这样的译文虽然舍去了意象之间的系词，却从整体上缺失了原诗深旷、幽远的神韵。我们不必求全责备于庞德。相反，承认这种翻译阐释的自由，正是以承认翻译阐释的局限性为前提的，而这种差异也正是对中西文化进行比较的理由与对其进行研究的价值所在。

六

我们看到了二十世纪前半叶世界诗坛上的一个重要现象:一方面,西方掀起过一阵学习与翻译中国古典诗歌的热潮。一时期内,中国古典诗歌的英译本有十余种之多,其中卫律的《中国诗 170 首》被文学史家公认为"至今尚有生命力的唯一意象派诗歌集"。另一方面,中国的新诗人们几乎"数典忘祖"地纷纷迎向西方诗歌,大谈意象、象征、直觉、变形等对现代自由诗创作的重要性,那种对外国新兴艺术潮流吸收的敏感力显然超出了传统文化的束缚力。

对于这种逆向运动,窃以为不能简单地对对方都做出"家有珍宝,视若敝帚"的判断。诗人自有国别,但诗歌与文化并无国界。实际上,文化艺术发展往往会经历这样两个阶段:一个民族、一个国家文化艺术发展中出现的一些新潮流、新派别,开始时总是对异民族优秀先进的艺术营养的吸收多于对其的排斥与戒拒,而这也往往是一个民族、一个国家文化发展有希望的征兆。这是第一阶段。第二阶段,就必须推进到对本民族传统文化的创造性转化阶段,亦即在对传统文化中的符号与价值系统加以改造的过程中保持对民族文化传统的本质和精神的认同,又创造出本民族与异民族文化精髓相忻合无间的"宁馨儿",也只有在这时,诗情才能登上光辉的山顶。

这个文化艺术发展的重要规律反映为英美诗人的"走向东方",是要从东方传统与技巧中寻找新韵灵感;中国诗人的"走向西方",是要寻找以现代意识取代古代意识的激情。这个规律使双方从各自的本位出发去追求文化心理的新的平衡，并以非凡的理智和创新的热忱，去催动现代诗性与美感的生长。

七

我们再回到“意象”理论的发生与发展上来。

坦率地说，我并不赞成因我国古代典籍中较早涉及“意象”而持“古已有之”的“天帝”心态，因为中西两种文化不同，古今变迁也不同。但我愿意指出，在中国，涉及“意象”问题的论述确实有长远的历史，“心”的因素之发达，促成中国缔造了人类文明史上伟大的抒情诗传统。而中国抒情诗高度的呈现性、写意性和对意象的重视，又来源于它同中国哲学与美学的自觉联系。

远自古代，不论是东方或西方，人们都有一共同特点，即忧患于当初的艰难时世，而寄希望于对彼岸世界的信仰。一般来说，在西方，此一彼岸是以宗教方式提出来的天国；在中国，此一彼岸则是以伦理方式提出来的“先王世界”。前者是一个外在的世界——或为神，或为自然，或为介于神与自然之间的“理型境界”，通向那个世界的途径是知识、分化（冲突中求充实）、笃信神祇以及强调验证性、追求个性自由，等等；后者由于它的伦理性质而获得一种此岸的实践意义，基本上没有天国与来生之信念，于“物本”以及人与物的精确关系不甚措意，但求人间情感之满足。它通向彼岸的途径，更多地侧重于内省的智慧、总体的直觉把握，且以伦理情感代替宗教情感。

中国古来诗人淑世之心甚切，深于传统诗教者笔阵浩荡，大多是融个体于公众之中得其所安，与物无对且有情，以其无对，故能乐天，以其有情，故常忧世而格致忠爱，并祈向于空灵、蕴藉、清逸、自得之趣，遂形成东方风韵。这种风韵，注重主体性的、内在的境界，世界物象之本体生命，须由对主体境界的内观与亲证方可印证。所谓“澄怀”以“味象”，乃是一种中国式的清明洞彻、真宰独存的诗性与美感体验。它以审美客体与审美心胸之合一、物我两泯为特征，其中介是审美意象。正是这个“意象”，负阴抱阳，把审美客体和审美心胸的界线予以打通，抟虚成实，推演出缱绻不绝的篇章。

八

若是做历史的考查，中国传统的意象诗论经历了呈示、展开、成熟等几个阶段。

九

在呈示阶段，先秦的《周易》和《庄子》可称我国意象诗论的发端。

《周易》(即《易经》)本是一部关于“象”的著作，通过模拟变化多端的卦爻之“象”，自然地引申出对于流动不居的现实的凶吉祸福的象征意义。最早阐释《易经》的书是《易传》(作者已不可考)，又称《十翼》。其中《系辞》上下篇，为解决诗歌

(文学)如何具体地模仿自然和反映现实,提出了关于言、象、意之间关系的重要论述。《系辞·上》的一段经典是这样说的:"子曰:如(书)不尽言,言不尽意。然则圣人之意其不可见乎?子曰:圣人立象以尽意,设卦以尽情伪,系辞焉以尽其言。"

得意、得象实际上也是庄子的思想。《庄子·外物》篇十三有云:"筌者所以在鱼,得鱼而忘筌;蹄者所以在兔,得兔而忘蹄;言者所以在意,得意而忘言。吾安得夫忘言之人而与之言哉!"

庄子此说原是专为哲学家而发,且是专为那种语言难以名状的神秘经验而发,表面上看来是舍"象"求"意"和忘"言"得"意",但他并不反对"象"和"言",而指"象"和"言"是意理归宿或托付的蘧庐。实际上,在运用语言与物象的情况下,庄子强调了不必执着于"言"和恋着于"象",而应求意传秘,曲尽其妙。这就被后人顺理成章地演化为文学艺术贵在蕴藉含蓄,讲究韵味无穷,旨远寄深。

于是我们可以看到,同样讲言、意、象的关系,《周易》注重"立象",《庄子》注重"得意",两者形成一种互补,共同开创了中国意象理论的先河。

十

魏晋南北朝和唐五代时期是意象论的展开阶段。这是一个因佛教的输入、玄学的兴起和精神的自由而使艺术和美学走向自觉的时期。

在诸多哲人与诗家提出的大批美学范畴中,有关“意象”的命题受到重视,许多人对其从多方面进行了阐述。王弼的“得意忘象”是对“立象以尽意”的发挥,推动了美学领域中“象”的范畴超越《周易》的卦象而向“意象”这一范畴内在层次的转化;东晋顾恺之提出“一象之明昧,不若悟对之通神”,强调“传神写照”,体现了一种形而上的美学追求;南朝宗炳主张“圣人含道应物,贤者澄怀味象”,将“含道”与“味象”视为同一心理过程,作为审美对象的“象”和作为审美享受的“味”,万趣融于“澄怀”的审美心胸,从而对“象”“味”“道”的审美关系做了新的概括;唐代殷璠提出的“兴象”之说,则从“兴”的角度,揭橥审美意象产生的一种特定的方式与结构;而从王昌龄的《诗格》、皎然的《诗式》到司空图的《二十四诗品》里提出的意境说来看,尽管它与意象论有别,但三者均表明了由取“象”向取“境”的推移,反映了中国古代审美意识的一大发展,即突破孤立、有限的物象而去获取整体、全息的图景。从某种意义上来讲,这也是探讨心物相感、创造意象的一道通衢。

在这一阶段意象论发展史中,刘勰做出了特殊的贡献。陆机在《文赋》中提到了“恒患意不称物,文不逮意”的困惑,刘勰对其进行了更为深入的研究。在著名的《文心雕龙·神思》篇中,刘勰在专论艺术想象和创作构思时,不仅把“意象”作为一个词组在我国文学史和美学史上第一次提了出来,并且把它在艺术创造中的作用,提高到了“首术”“大端”的位置。刘勰写道:

故思理为妙，神与物游。神居胸臆，而志气统其关键；物沿耳目，而辞令管其枢机。枢机方通，则物无隐貌；关键将塞，则神有遁心。是以陶钧文思，贵在虚静，疏瀹五藏，澡雪精神。积学以储宝，酌理以富才，研阅以穷照，驯致以怿辞。然后使玄解之宰，寻声律而定墨；独照之匠，窥**意象**而运斤。此盖驭文之首术，谋篇之大端。

在这里，刘勰深刻地分析了创作的内在流程，把“意象”（心物感应）视为“神思”（艺术想象）的要旨与产物。诚然，他说的“意象”要比后人论及的“意象”或西文“image”的含义更为宽泛，但他提出的“意象”，有两点值得我们重视。

其一，刘勰强调意象发轫于“物与神游”（以及《比兴篇》又强调的“拟容取心”），注意到了物与神、容与心的统一。也就是说，代表现实意义的“心”通过现实表象的“容”显现出来，代表审美主体的“神”游刃和溶解于审美对象的“物”之中；而代表现实表象的“容”又以揭示现实意义的“心”获取生命，代表审美对象的“物”也因审美主体的“神”之“澡雪”[1]而振翼。这是物我同一、主客观交感的意象论。

其二，刘勰心目中的意象应“规矩虚位，刻镂无形”（《神思》篇），但超越单一的具象或抽象。在上引那段话的前后文里，刘勰指明意象的萌生常常是“吟咏之间，吐纳珠玉之声；眉

① “澡雪精神”，有人注释为“集中精神”或“洗涤精神”，窃以为不甚确切。似应理解为使人的精神经洗礼而保持一种纯洁、新鲜、气足神旺的状态。

睫之前，卷舒风云之色”。意象的创造往往是“意翻空而易奇，言征实而难巧”。这种超越性表现为一种突破直觉与感性经验局限的性能，也是一种摆脱身受限制的创作心理现象。因此，作为“深思”产物的“意象”，如同“布之于麻”那样源于自然具象，却由于“杼轴献功”的经营，产生出“焕然乃珍”之“布”，赋予诗以“奇意”和“巧义”。应当说，从先秦的“观物取象”到刘勰的“神思”“意象”和“神与物游”“神用象通”是审美意识的一大跃进。

刘勰用创作中的物我之间“情往似赠，兴来如答”的整体联系观，提出并胪述“意象”问题，从而也为我国的传统意象理论指引了一个基本方向，那就是意象所呈现的“物象”，总是被染上心灵色彩并情感化；诗人之“意”、之“情志”，又借感性的物化形式呈现；“意象”是“以心观物”的产物；“意”决非自在的、独立的外物，它受物“象”的感召，又投入重新组合新“象”的审美创造。

不过，刘勰的意象说仍然属于一种粗疏的总体直觉把握，往往漫无边际，缺少对意象的内在机制和审美规范的分解与验证。

十一

意象理论大体在明清期间趋于较成熟。

从明代的李东阳、王廷相、何景明、王世贞、李攀龙、谢榛、胡应麟、朱承爵，到清代的钱谦益、沈德潜、李重华、薛雪、方东树等，几乎都曾专以真正意义上的“意象”论诗，亦即何景明所说的“意象应曰合，意象乖曰离，是故乾坤之卦，体天地之撰，意象尽矣”。其中，明代“后七子”的首领王世贞对“意”与“象”的关系多有论述，甚为允当。他主张诗作须有超妙而又衡当的意象，关键在于“要外足于象，而内足于意，文不减质，声不浮律”。也就是要求外在的物象和内在的情意都必须充分地表现，但又赋象而不直露，意深而不见滥，保持一种维系“衡当”的“张力”。

若以求真求深、精审卓识而论，王世贞尚不及明末清初杰出的唯物主义哲学家兼诗论家王夫之。中国古典的意象理论发展到王夫之，可谓走向成熟。王夫之反复强调，“诗”既不同于“志”（或“意”），也不同于“史”。它的本体乃是审美意象，也就是说“情”与“景”不是外在的拼凑，而是内在的契合。他对诗歌意象的整体性（如喻为“全匹成熟锦，首末一色”）、真实性（如云“于击目经心丝分缕合之际，貌固有而言之不欺，而且情不虚情”）和多义性（如提出“诗无达志”而可以“广通诸情”），对审美意象的特殊类型（如区分出“情中景”“景中情”“人中景”“景中人”等多种具体形态），都做了鞭辟入里的论述，揭橥了何以达到象中有意、意中存象的内在法门。

王夫之对意象艺术的特征与手法有一个解析与概括，那就是通篇象征，任意象暗示（即“全用比体，不道破一句”）；重视独创性（即“创调”）；从客体物象中觅取意象以表达内在情感（即“俯仰物理而咏叹之”）；理随物显，心物对应（即“理随物显，唯人所感，皆可类通”）；非陈述性和非特指性（即“非有所指斥一人一事”）；注重折射隐喻而具有一定的朦胧性（即“不敢明言而姑为隐语也”)。从中可以看出,王夫之已经比较清楚地意识到入诗的审美意象,应是多种艺术手法的融合,而不能满足于泛泛而谈的“妙悟”“蕴藉”之类了。

十二

中国传统意象理论的历史发展说明了意象的运用早已遍及诗经、楚辞、古诗、乐府、唐诗、宋词、元曲以及明清诗歌领域,而且证实了它以追求觅取物象、寄托灵感、构成“心物对应”、令人玩味无穷为目的,从而创造真正意义上的诗美,已属不可动摇的艺术规律之一。怪不得王廷相是那样神爽飞动地呼唤诗美艺术的魂系意象:

夫诗贵意象透莹,不喜事实黏著,古谓水中之月,镜中之影,可以目睹,难以实求是也。《三百篇》比兴杂出,意在辞表;《离骚》引喻借论,不露本情……斯皆或韫本根,标显色相,鸿材之妙拟,哲匠之冥造也。若夫子美《北征》之篇,昌黎《南山》之作,玉川《月蚀》之词,微之(元稹)《阳城》之计,漫铺繁叙,填事委实,言多趑(趁)帖,情出辐辏,此则诗之变体,骚坛之旁轨也。……嗟呼,言征实则寡余味,情直致难动物也。故示以意象,使人思而咀之,感而契之,邈哉深也!此诗之大致也。[①]

① 王廷相. 与郭价夫学士论诗书//王氏家藏书:卷二十八.

中国古人把审美意象的灵视性、暗示性和象征性，提到了诗歌之大致、鸿材之妙拟、哲匠之冥造的高度，尽管不必以这种观点作为唯一模式，却不难管窥中国文论中“心”之因素的发达，不难看出中国文化和中国诗歌是如此贵情思而轻实事。这一点，和西方人后来悟到的，并日趋重视的“image”——意义上的意象，自然有了相通之处。这也是近代人面对来自世界和人类生活的孕育和提示，面对可以相汇合、相通达、相流动于“世界—人生—文化(包括文学与诗歌)”本体之中的客观现象，而共同选择的审美意识与艺术方式之一。

十三

从宏观的意义上看，不同诗歌文化的交流，并非一种诗歌文化克服、主宰另一种诗歌文化，而是两者互相补充、交融和调整的过程。

中西意象理论的探索史表明，打破静止而限定的点、僵化而限定的中心，尽量扩展(当然亦非“超限制”性)意象这个圆，我们就会获得能天真绝俗地同万物进行交谈的更理想的审美境界。

可以看到，从“立象以尽意”(《易传》)到“窥意象而运斤”(刘勰)，到“神理流于两间”(王夫之)，再到面对客体瞬间的“理智和情感的复合”(庞德)，其共通之处是指出了意象既包含客观的“象”和主观的“意”两方面的内容，又强调了意象乃是摆脱形模与凌虚结构的新的审美成果。

但丁认为：“你的感觉力从实物抽取一种印象，便展开在你的心里，使你的心倾向于它。这倾向就是爱。这是心与物之间经过喜悦而发生的新联系。”也就是说，现实、生活、客体总是十分正常地提供着种种意象。一个诗人总是企盼表达最初的情感现象（即骚动于肺腑的内在激情）而为之寻找、运用与其相关联的意象——在一般意义上，在强调真情实感的情况下，被审美感知所触及的事物，往往会出现在“物”往似赠、“兴”来如答的格式塔里。不过，既然是经过“喜悦”——审美意识的陶冶、点化、选择而获得的愉快，意象就不再是事物原型的模拟，而是被激活、被升腾起来的想象所应用的“心灵”物象化、“物象”心灵化的“新联系”途径，成为突破具象自身局限的诗情表达方式。

十四

西方学者发明了意象统计法，有论者以中国古典诗歌为抽取样本，统计了“山”“水”“云”“雾”“日月”“河汉”等的复现次数，并据此认定在中国诗里有太多的“俗套现象”。

诗当然反对“俗套现象”，但西方人未必能看懂东方诗杰“翻空而易奇”的本领。以花喻女确实“俗套”，但李清照出“帘卷西风，人比黄花瘦”之奇；白居易则故意用俗套的“蛾眉”取代美妃，让“宛转蛾眉马前死”和“峨眉山下少人行”做了悲怆的呼应，堪称一绝。

意象之新、之美，在于对具体历史语境和生命母题做深度处理。诗人总要通过意象，使内在的情思找到相关的外在形式，自觉且创造性地调适主客观之间的关系。

十五

从审美意义上讲，把意象变成人的“类”本质的对象化的世界之审美物象的吉光片羽，把意境变成马克思所说的“人与人之间联系的纽带”的审美展示，两者统一的新生命，愈是“无我”，也愈是“有我”。艺术的辩证法正在这里。

明乎此，我们也就会获得一种临界意识，即在考察从表象到意象到意境这一美感过程的程序结构与美感对象的形式结构相对应时，我们有更充分的理由把审美层次看作诗歌存在的不同边界条件。

然而，任何一种作为审美对象的“物体”毕竟是各自孤立的“现象”，只有运动才是它们之间的联系。应当承认，只有运动和联系，才有整体的实在。意象作为审美地表达诗歌中物象之间关系的集合体，作为诗质结构中跃跳的元素，它有其情结的凝固特征，更有其活动（扩张）和联系（参与意境构成）的特征。它是作为诗创造的感性动力而动态地存在和发展着的。它可以沦为尽饰铅华的卖弄，但应当生长完善为诗美空间，闪现整体、浑圆的光彩。

意象由于运动而有了形式，形式因其开放程序而有了差异和变化，这就丰富了意象的生命，又充实了诗的意味。我们因此有必要跨过“意象”概念层面，到它的后面去寻找那些作为“生命”有机形式的动态变化法则。

十六

一般地说，诗歌创作无论怎样"为灵感所激发"，也总是源于对物象的感知，而后又将其改造为经验的幻想，表象、情感、意象、词语和情境在整个诗质的动态结构中惊人地交织在一起，又互相接近和沟通。

就意象这一诗歌的基本幻想而言，它要经历一般，又超越一般，使之以"个别性"超出语言本身暗示的情感内容而另具情感内容，其方式是多种多样的。每个读者都可能在动态意象的"魔力"面前喟叹不已。即使是抽象的幻想经验，一经意象的能动呈现，也可以被组织进赋予特色的审美世界里。

十七

意象在诗里更多地具有"动力型"的特性。意象的生成，是以生活为源，从表象的获取到意与象浑、心与物共的运动。在这个运动中，由于诗人那种"知、情、理、意"合而为一的自身运动，由于诗人的人格、意识、情绪的能动力量以及审美把握力的作用，意象能将理性的东西和感性的东西融为一体，通过不同的侧面和层次，既表现整体，又剖视内核，其神奇的爆发力有时可以达到使读者心灵震颤的地步。

这一创造之宫双门大开。这一诗所特具的运动方式足以教诗人流云自行。以"动态"的视角去看意象的能动式，不外乎这样五种类型：辐射式、并置式、叠映式、类矛盾式、多重转折式。

十八

辐射式意象，其依据的艺术思维方式是发散型思维。它在确定了核心意象的基础上，充分发挥审美主体的能动性、创造性和想象力，从各种角度去把握对象，进行正向的、逆向的、平面的、立体的、纵向的或横向的多角度思维。作者的思路处于空前活跃状态，既从原有的知识圈（生活、记忆、表象、观念、经验的积累）出发，又突破原有知识圈的限制，其运用的比喻的诸方面彼此限制与修饰，相互作用、相互渗透、相互诱发，最后形成物象与心象的复合体——真正属于诗美的意象的凝结。

这一"凝结"，具有若干意象向同一"靶心"集中和由同一"靶心"辐射出若干意象的双重特质。

十九

并置式意象。大家若以为只是意象的铺排并各自独立，那就是把它同有"珠"无"串"的那类意象相混淆了。并置式意象表面上看来是彼此并列的，实际上，诸多意象不一定非要按时序或叙次拥塞于一个时空，意象的多寡也带有一定的随意性。然而，它总有一根或明或暗、或显或隐的思绪的丝线，把系列意象贯串起来。

并置式意象切忌随心所欲地堆砌意象。它需要诗作者从"立意"出发全面考虑"立象"，精心挑选那些足以表现题旨又能引发读者联想和补充经验的意象，对它们进行“外隔”而“内连”的组合。表面上允许它们“互相脱节”，实际上应有内在的联系。这种方法可以使诗句紧凑，也是诗的“节缩”原则在意象创造上的一种运作。

二十

叠映式意象是指一系列有机联系的意象的前后叠现，而不是那种机械的意象叠加。“叠加”可能导致堆积，“叠现”则以意象饱和为归宿。

“人心营构之象”，不仅是积“象”积“物”，更是积“情”积“意”。诗歌创作不同于机械制造。它不能靠固定的模子一次性地复制，往往是随着意识、心念、情绪、想象的流动，“白纸对青天”，投落时疏时密、时急时缓的意蕴之雨。中国诗画讲究“惨淡经营”的“笔墨意象”，常以融化在叠映式的意趣中呈现，从一种视知觉迅速走向下一种视知觉，从一个意象迅速向另一个意象发展。在这里，恰如孟郊诗云：“天地入胸臆，吁嗟生风雷，文章得其微，物象由我裁！”

意象的叠映呈现、光色远近和虚实动静，体现着诗人心灵“流动节奏”的投影。

二十一

“类矛盾”式意象。其作用是使读者受到震动，引起他们的注意，有助于把事物的真实性凸现出来。在诗歌中，“类矛盾”意象是增强力度、扩大张力的情结方式之一。有时，它往往成为灵感和内在动力的一股流泉。

在这种非“真矛盾”而是“类矛盾”的意象型式中，存在着分解和综合的关系。“分解”是意象运动中不去表现事物或者事物的前后传递，相反，若干意象是并列的、矛盾的或混合的，不去透露意象的出现意图；“综合”是指其内在的融合和联结，尤其是把各个意象成分置于整体中去观察、营造，并将其放在恰当的方位，才能更好地表现它们之间的关系和意味。

一般地说，这种型式要求意象越是矛盾地异向流动，越要注重各意象段落的内在联系，即由不和谐的意象元素（部分）组成和谐的意象秩序（整体），在相反的方位上寻求“和而不同”，在矛盾的情境中寻求更深刻的“真”。

二十二

多重转折式意象。这种意象形态类似“链锁”，即一根链条紧接下一根链条，一个环节扣着下一个环节；又类似扩大了的“转喻”，即作为整体的各部分，通过不断的转喻而逐项展示出来。这反映了诗人的心理意识有或平静、或跃动，并反复交叉与转换的特点。诗歌的意象群不呈现非常实在、恒定和完整的心物图像，意象的发展与意识的流动相呼应，在其进程中总有间歇、停顿、过渡与转折，因而深沉的诗歌意象，常常在比喻的联结与转换中，表现出多重转折的状态。

多重转折式意象不仅是一种修辞手段，我甚至可以斗胆认为，它是诗歌艺术的主要形式之一。因为它由诸多分散而有“血亲”关系的意象转喻，构成了足以引起联想和把多元事物曲折地“情结”起来的诗。

这种能动式的主要特征与功能是：

（一）系列意象做有向度的扑进，加以意旨的步步深转，极利于制造悬宕、紧凑的氛围和拉开意象与意象之间的距离，激引读者苦苦思索的兴致和游刃有余的美感；

（二）一般地说，所谓“有向度的扑进”是指诗人在驾驭复杂多绪的意象群落的生成发展时，意逐句移，注重“情结”前一个意象的余绪和后一个意象的预期，使之在流动的时空间进行丝丝入扣的传递与交换，产生“链锁”与“层递”的效应；

（三）由于能动式在意象结构的发展上呈现栉比嬗递，无论是沿级晋升抑或拾级而下，都要求诗人有卓绝的控制力，有寻幽访胜的牵引力，因而诗的全部效果是凝练、结实和简隽，骨骼层次更见缜密、严谨。

也因此，这种能动式被称为诗美意象艺术上的斯芬克斯之谜。毕勒(K. Buhler)甚至别出心裁地把多重转喻的诗，说成是“包含了各种世界的鸡尾酒”。在它自身的流动过程中，经常是让你刚刚看到一点形影或品到一点味道，它就又捩转或变异了。这自然给创作与理解带来了困难，却也带来了动态意象的深曲、蕴藉之美。

二十三

人们需要各式各样的诗歌，自然也会产生多种多样“不稳定”的意象呈现方式。

从意象或以辐射、或以并置、或以叠映、或以类矛盾、或以多重转折作为运动的轨迹中，我们不难体察意象并非简单的比喻。生活在被抽象、被变形、被再度创造的过程中，那些旋转着的意象画面，不仅以千姿百态的显影投射于诗人的心灵暗室，且以其奇诡多彩的启迪力和暗示力触发人们对客观与主观的动态变化的思考和联想。

越是意象的，就越是创造的。况且每种形态内部也时时破坏着旧秩序，重构着自己的新秩序。

艺术很难永恒。对于一个诗人来说，如果没有愧对时代和艺术的发展，如果在意象创造上能以坚实的劳作多推演出几个实验性剧目，便是自觉的诗思与行为了。

Ⅲ 美之高蹈

一

有人称诗永远是月光一般清纯靓丽的少女。

可以有这类诗存在。但如果诗都写成这样，并且“永远”，诗就被抽空了，就要滑落。

诗不仅有月光，更有风云雷电。诗不止是清纯，更有变血为墨的复杂。诗人也不全是靓女，更是带着焦虑在圣地苦旅的精神漫游者。

二

人类往往以一种“提问”的方式生存和发展。“活着，还是死去？”“上帝死了？”“战争，还是和平？”“前进，还是倒退？”都是问题。“诗人何为？”也是问题。

文化哲学意义上的诗美，就生长和运行于对生存—生命、历史—现实的永恒的追问过程中。

有追问也就有了追求。追求盘诘之情，追求诗性智慧，追求精神维度，追求语言高蹈，追求发现和创造。

三

诗美之所以令人起敬的一个理由，是发现那些只能经由诗而发现的东西。诗是一个重在发现的、奇特的隐语世界。

摒弃那些正确的、车轱辘式的废话，排拒那些联网的、谁都可以成为轻松的受众的通用语言，以心去发现心，以火去点燃火，以至深者去呼唤至深者，以灵魂的拷打去激活被“流俗”所夺走的内在精神活力。

四

美在流动中，不是流向随帮唱影，不是流向自我重复，不是流向无关痛痒的消闲书写，不是流向淡化忧患、抹去隐痛而与“橡皮”时代共谋，不是流向“欲望号”列车同物化、异化的怪胎们宣传亲和。

诗拉着天性的手，以充溢真气、原气的声音，步罡踏斗，神游于自然和人生之间；以率性、高雅的姿态看取宇宙和凡间，将人们及其心灵引渡至阳光深处。

五

有人说诗纯属柔软的女性写作。因之而有诗坛上短、小、轻、俏的路线。

诗实际上是无性别写作。诗所面对的哲学命题、生存困惑、价值取向、宗教情境、幽径通道，乃至在裂开的空白中的“倾听”与“言说”、“自我”和“他者”的随时转换与融合，不必以过分强调性别而陷入诗的思维之障。

即使是女性诗歌，也不可膨胀为“女权”或缩简为轻、小。超越女性自我抚摸的层面，进至对尘世、对人类的母性的关爱，是真正的圣洁与坦荡。

六

诗比寻常章句包容了更多的潜隐信息。诗美的精品之作往往多义和多解。“得意忘言”是极度自由和放达心理的上佳状态，解诗者因之而不可框钉于字面意义的考据和实证。相反，以诗人之所“言”作为通向彼岸之“筏”，才能感受诗的无穷魅力，由无端的思绪步入诗所提供的多层面性、多指向性、超时空性的情感体验。

诗作者精骛八极。诗读者心游万仞。

七

诗美的高蹈，要求诗与对象之间的转换——

由遭遇转换为投入；

由视像转换为意象；

由激动转换为内发的悟性与真情；

由古典经验转换为现代经验。

转换需要审美中介理论的支撑与指引。把握中介，会获得生命和智慧被冲开气脉而突然解放的感觉；把握中介，诗也有了美的选择与尺度。

八

小说的语言是转译，诗的语言多属暗喻。

小说讲求叙述，诗歌讲究感悟。

诗最终讲的是无形的境界，是精神的形而上。因之要在有形的语言上“拆解”。康德把人类思维方式概括为感性—知性—理性，而诗的方式通常是感性—悟性，其本源乃生命和人性。整体思维的诗境，有可能拯救当今被物质化，也被误解了的破碎的诗世界。

九

美国人用二十天的时间把鸡养大、养肥，批量地让你快速“啃得鸡”。

东方人宁愿听母鸡的咯咯声和雄鸡一唱天下白。

诗常常反抗物质现代化，而回望东方。东方是太阳升起的地方。

诗语是生命的器官。西文中有“青”的概念吗？“母病速归”不比欧化长句更简洁、明了吗？滴滴水汇聚在一起“氵”不是能翻动江河吗？“风流人物”被西方人翻译为“花花公子”难道不叫人贻笑大方吗？

每个民族的语言都有其值得尊重之优长，不必妄自菲薄。

中国人和海外华人可以用汉语创造最好的诗歌艺术。如若避长扬短，两眼只盯着来自西方的时尚或广告话语，就失去了诗人真诚的艺术品质。

十

需要处理好“众美”和“独美”的关系。

中外逢源、古今无阻地将众多的诗美集于一身，又富于独创性的诗写作，才能立于不败之地。也只有众多自成一格的“独美”，才能构成百鸟齐鸣的诗世界。

不必仿照体育界“一切从零开始”的口号。在诗界“一切从零开始”，无异于“一切从我起步”。不宜用一种“傲慢与偏见”对付另一种“傲慢与偏见”。我们都是传统的子孙，又都在同一片天空下呼吸。“独美”只是局部的，谁也不可能拥有、占据诗美的全部空间。把一己的诗学主张、诗歌作品视为历史的神圣，未免虚妄。

还是中国的那句老话：有容乃大，无欲则刚。

十一

诗人不应成为读者的“上帝”。不必在诗里用密集的词语、详尽的告白，把一切都向别人交代清楚。既然承认诗作者和诗读者是挚友，就要建立一种“互文性”的诗对话，把一半思维与想象的空间留给读者，使之“于文外瞥然亲见”（明·张岱）。这就需要有效地调配诗作中的比喻体系、象征单元所形成的网络及其在文本中的分布方式，寻求在作品空间与阅读空间的“边界”地带爆发诗意之光。

诗人有所思而心灵燃烧，有所燃烧而渴望一种更为智慧的生活，因之而呼唤创造更高生活形态的、有生命力的诗。带有灵性敏悟的诗创造，是一种比天真的幻想更艰巨、更需要韧性的运作。这片生吾养吾的土地有无穷的诗矿源，只要努力开采、提炼，我们将会在诗思的提升中感受莫大的惊喜，也将追随诗之传学，在语言峥嵘的风景里漫游。

十二

美之高蹈，往往或实、或虚，故而时有充实、时见空灵，此乃高超诗美的艺术辩证。

十三

将浮华的闪烁其词和结实的深沉内涵相对比，我赞成孟轲的说法：充实之谓美。

美就是充实。看到一些诗是写婴儿车的，有的诗人赞颂它“以阿米蒂奇那种斜斜的雕刻”，“身躯笼罩着一片光彩”，尚有“波浪性”“弹性”地“啃着大地的嘴唇”云云；然而，比之赵恺所作《第五十七个黎明》中那双女工的脚板，作为家庭主妇在风雪大道上的一路忙碌，还有不忘记给海员丈夫远航前“物质使人温饱，精神使人坚定”的叮咛，诗的格调殊异。前者空幻，后者充实。后者之所以为诗、为美，并不是仅从线条和色块的玩魔方似的排列组合中去寻求美的定义。它面向生活，从现实的底蕴去捕捉、把握与肯定在艰难中前进的人们那丰富而向上的精神世界，并将它凝结为美的形式。

艾青曾说："诗的生命在真实性之成了美的凝结，有重量与硬度的体质。"诗美并非仅在艺术表现的形式方面，首先是"真歌哭"，是诗人"思想的果实"，同时落实到有诸内，而形诸外的结结实实的艺术形象上面。

十四

充实总是同浮泛对立。

浮泛的诗，满足于表面的热烈，如同泡沫满溢的酒杯，成簇成堆的乱草。它给读者播种的是"晕眩"。古诗中有"台阁体"，而我们都经历过"史无前例"的年代，曾记得，那时歌颂领袖的诗篇浩如烟海，更有如古人薛雪早就批评过的，"竟将堂皇冠冕之字，垒成善颂善祷之辞"！给领袖涂上超神光环。这既损害了伟人的形象，本质上又贬低了人民群众。

十五

充实不是堆砌，也不是填鸭式地把一切塞给读者。

看似平静的池塘或林间的湖泊，却是一片深深的海洋，藏有无数海底的居民。但有时如同韦应物的"万物自生听，太空恒寂寥"和王维的"徒然万象多，澹尔太虚缅"，以一种特殊的、活泼的空间意识，构成潜在的、需要依靠读者的"再创造"予以最终完成的整体。这时，大凡充实的诗，其语言形式属于“期待类型”，期待着读者参与充实其活动的思想内容。

美国现代诗人艾兹拉·庞德有一首被人们称颂一时的诗——《在一个地铁车站》。诗人几易其稿，最后只定作两行：

人群中这些面孔幽灵一般显现，
湿漉漉黑色枝条上的许多花瓣。

一些评论家认为此诗表现了现代都会的急促性和非人格化，庞德自认为他使用了从东方诗歌中学到的“意象叠加”的招数。我不认为此诗有那么多的深意，也不认为此诗的奥秘是庞德所说的“意象叠加”。如果说它在艺术上有可供我们借鉴之处，那么这个借鉴之处正在于它形式上的简短与开放。作为一件艺术品，人们对它产生了一种“整体化的期待”。也就是说，有心的读者会产生一种以自己的生活经验和知识、心理等去充实它的欲念。一旦人们为它补足了意义，这首诗才实现了充实。

这一点多少可以启示我们把握诗美的某些特征。美的、充实的诗不一定是一眼就能让人看出其意义的，而是留下许多空白让你自己去追索与解释、研究与完成。是的，一首好诗总得留给读者以思想与幻想的尽可能广阔的天地。从这个意义上讲，“充实”往往是诗人和读者合作的产物。

十六

充实与单纯应该是调和的。丰富、充沛、光芒四射都可能属于单纯。太阳就是单纯的。一位诗人跟我说，写诗的层次是单纯（感受）——丰富（内涵）——单纯（表现）。我以为这不无道理。

简单而无力、单薄而羸弱、单调而气短，这都是病态，和诗的感受、内涵、表现毫无共同之处。感受不论怎样丰富、复杂甚至纷繁、杂乱，只要是真实的，便也是单纯的。进入诗中的单纯应当像橡树一样纷繁而充实——无数的对称，巨大的躯干和细小的绿叶，坚硬的树皮和柔软的青苔，接受阳光的照耀又投射自己的浓阴；也应当像水向东流时沿路的一切——有坦途和弯道、美景和疮痍、平静和风暴、涛声和泥淖、水手和纤夫……种种不可思议的丰富保持着微妙的比例与内在的平衡。而当诗在表现它时，则赋予每一件事物所应具有的空间，既不多，也不少。这便是形式上的单纯。

老作家朱丹似乎为诗不多，但一首《水》确实叫人心折：

水，在温煦的阳光中蒸腾着
在田垄的嫩苗上凝结着
在鸟雀的歌喉里震颤着
在少女的双颊上闪耀着。

诗为我们提供的每一幅画面，都是那样真实、清晰、鲜活，其中的美感仿佛可以摸得着似的。它们并不是生活画面的形似，经过诗人感情流水的过滤与加浓色彩，沉甸甸的，合起来是丰满的、充满生机的、大自然与劳动创造融在一起的艺术形象。而这种意境画面一经诗人对客观现实生活的变形处理，每件事物各得其所，精当、洗练，单纯得发出光彩。在这里，由于脱尽了不纯的杂质，深刻的单纯和充实结合在一起。美也成为充实的一种形式，一种让画面溶进大量视觉形象与浓重主观情调，从而使诗同人们亲近的形式。

十七

诗的充实毕竟要靠充实的心灵去实现。艾青说过："一首诗是一个人格，必须使它崇高与完整。"

诗之美、之充实，要摆脱脸面上的脂粉，摆脱精神上的俗气。我们的美学原则不是水仙花，只须泡在净水中就可以自行开放花朵。无论如何，心灵的充实同诗的充实是成正比的。那么，诗人自身的仓库——生活的和美的仓库，就应贮藏得越富有越好。

十八

艺术常常是克服困难。困难之一就在于，如何在艺术与生活之间实行最微妙的渗透，在主观与客观的融合之中显出充实。

贵州某地的一份刊物上发表了一首《夜壶赞》。诗这样写道:“我多想作一把夜壶,藏在人们的床下。虽然那么又脏又臭,而且难看,但它总给夜尿者以方便。虽然这算不了对人类有什么贡献,但也比那些光拿钱不干事的人好!”艺术中诚然有化丑为美的话题,然而从这首诗来看,心灵的追求难以改变一个又脏又臭的容器的自然本质,因而导致景与情之间的裂痕无法弥合。

相反的例子是艾青的《乞丐》。诗人写道:

在北方
乞丐用固执的眼
凝视着你
看你在吃任何食物
和你用指甲剔牙齿的样子。

这个特写镜头,塑造了在历史灾难时期北方“乞丐”的形象。那种“丑”是催人泪下、令人心酸的,寄托着对劳苦民众深深的同情。由于生活与艺术相互间的渗透,自然丑因其美役于真而转化成了艺术美,这首诗因此成为传诵一时的篇章。

中国新诗美学至今仍须攻克的关隘之一就是真、善、美在创作实践中的统一。来自生活的真的直观形象,有时不一定很美,却又要走入作品折射出美的光泽。但有些直视是美丽的颜色,却经不起风吹、雨打和日照。坚持严格的诗歌实践美学谈何容易。生活和艺术相互间的渗透又何等微妙。但只要努力探索,总会有更多的真、善、美相统一的作品产生,使诗更美,也更充实。

十九

探讨诗歌艺术，讲“充实”谓美，又不能不说“空灵”也是美。因为空灵与充实，往往是艺术精神的两元。

孟轲说过：“充实之谓美。”接下去的话是：“充实而有光辉之谓大。”老子也曰：“大音希声，大象无形。”庄子则有“虚室生白”“唯道集虚”之说。这些话语，可用来说明艺术固然要创造充实的形象，却又得重视那没有实体的“空白形象”——象外之旨，无形之相，且能开径自行，养空而游，蹈光揖影，抟虚成实，传达一种空灵、动荡的意境。而当诗歌体现了“充实”与“空灵”的辩证统一，就能释放出美的光辉，就可谓之“大”——以一当十，于有限见无限，虚空里传送动荡，神明里透出幽深。

二十

白居易在他的千古绝唱《琵琶行》中，奏出了“大弦嘈嘈如急雨，小弦切切如私语，嘈嘈切切错杂弹，大珠小珠落玉盘”，堪留百代之奇的乐音，那形象既实在，又确定；但诗中的琵琶女又间之深沉的静照，以“空灵”胜“实在”：“冰泉冷涩弦凝绝，凝绝不通声暂歇，别有幽愁暗恨生，此时无声胜有声。”这一超以象外的“大音希声”，成为那位“天涯沦落人”心灵动荡吐纳的焦点，以及“心中无限事”奔赴汇聚的境地。一颗忧郁的生命在静默里吐露着光辉。

此时的“空灵”并非真空，诗情乃由此更见“充实”，由“心远”而接近了“真意”。所以杜甫论及诗的最高境界时，曾有诗云：“精微穿溟涬，飞动摧霹雳。”[①]就是说既要有沉冥中的探索，透视自然的精微的机缄；又须有活跃的、具体的生命和形象纵横驰骋，在浩荡中绰有余裕。

二十一

中国美学和诗学的传统特色之一，就是常常于追求“实处工”（陆游语）的同时，强调飞动，着力于“著形于绝迹，振响于无声”[②]的写意传神。

诚如现代艺术家李可染所说：“空白\含蓄，是中国艺术的一门很大的学问。”空灵、飞动、茫无定象、冥冥中存生气、窈窈中有神姿，这在一定程度上克服着艺术中有限的形象实体的自身局限。

比较文学是个好法子。那么，如做比较，中西美学、诗学，走的不是一条路线。亚里士多德所建立的西方美学史上第一个完整的美学体系——《诗学》，首创“摹仿说”，认为“史诗和悲剧、喜剧和酒神颂以及大部分双管箫乐和竖琴乐——这一切实际上是摹仿”。后来的大艺术家达·芬奇和莎士比亚，还有艺术史家泰纳，都先后声称艺术是客观现实的“镜子”，强调写实之逼真。在西方，最早的诗歌是史诗。荷马的《伊利亚

① 杜甫：《夜听许十一诵诗爱而有作》
② 谢榛：《四溟诗话》

特》《奥德赛》侧重描摹事件发展进程、人物行为状貌以及发生这一切的环境；但丁的《神曲》，虽有展现天国时的空灵之笔，但就整个三部曲而言，主要也还是忠实的描绘。作者常常通过戏剧性场面的行动和对动机的挖掘去体现人物性格，且直接揭露现实的部分占很大比重。

西方把艺术看作认识外部世界的手段，自然要求模仿得精确，反映得可信，再现得逼真，因而在美学和诗学中侧重于强调“美”为“真”服务。中国美学和诗学，从与《诗学》同时出现的《乐记》开始，提出“乐者，德之华”的理论，走着一条成就德性化人格的艺术道路。所谓“发愤抒情”“不求形似”“以意为主”云云，就是不强调对作品的审美价值做过于拘牵、坐实的解释，而是追求“正声感人”，如孟轲说的“闻其乐而知其德”。诗的价值，虽以“真”为基因，却强调“美”与“善”相统一，看你在何种程度上表现人的至高的精神境界(直接或间接)。那浩茫心远的艺术境界，要求诞生于一个高尚、自由、丰沛和深心的自我，故而中国诗学又历来同时强调诗格与人格。高洁的自我，精力弥满、万象在旁、超脱自如，当然需要空间供其活动。这也就产生了以“空灵”意蕴“实有”的艺术表现，且与西方传统艺术不同，不是更多地导向自外摄其影像，而是更多地强调自内发射光辉。

中国诗人传统地讲究“不著一字，尽得风流”(司空图)，讲究诗情画意在一种“灵的空间”。那和宇宙意象契合的生生之气，成为古往今来许多诗人心驰神往的艺术天地。

空灵之美，并不在于对物象造成距离，而是一种高远的人格理想与和谐的意境结构，以此维系着诗之美和力。

二十二

空灵是对“泥乎实”的叛离。这种叛离，体现着对诗歌抒情特性的尊重。

“不著一字，尽得风流”，自然不是废除一切文字，而是规避和戒拒那些直说、实说，以致唠唠叨叨、和盘托出，力求精练、隐约、含蓄、空灵。没有艺术的“虚”“空”“无限”，便难有诗的神韵。而神韵的映现，并不片面地求得直接的说明，恰恰是暗示、象征、启迪着什么——当然，仍需不失“实为本”，否则“神”“韵”还得落空。但强调于空灵中见神韵，毕竟是反对了役于以实图真的被动反映，标志着美学与诗学上的一种奔突。

二十三

美在空灵，还因为它可拓展艺术的广阔天地，使之不仅“实”处有形象，“虚”处同样有形象。

北宋画院选拔人才时，试题多用唐人诗句。画“踏花归去马蹄香”，一位应试者只勾勒了几只蝴蝶追随马后，突出了香味，而并不实画野花；画“野水无人渡，孤舟尽日横”，一些落第秀才都画空船停泊渡口，唯有一位画家画了一位船夫躺在船上悠闲自在地吹笛，使画面诗意盎然。

艺术的奥秘正在于这种“白”多于“黑”的章法。在观众和读者的审美经验与意向的补充下，那“空白”就变成了一路野花，变成了盈盈湖水和茫茫天宇，在虚实相间的和谐中，将描不尽的主观与客观的“虚”表现无余，“无”处也愈成为无限的实有。

二十四

和空间艺术中的空白一样，作为时空综合艺术的诗中的空灵，其美不仅在于诗人静观万象、自成境界，而且还在于它是歌吟者和欣赏者之间的纽带，是读者联想活动的起点；空灵的审美性能，对读者来说，不只是美感的保持和延续，也是美感的丰富和发展。

在“空灵”中，诗人和读者进行着合作：诗人信任读者，大胆地把一部分形象“再创造”的任务留给读者；读者呢，则进入诗人展示的“虚空”境地，又主动地经由自己的美感经验，去“补充”或“改造”，直至完成诗人留下的“再创造”的任务，达到由“虚”到“实”的转化和复归。

当许多篇章唱滥了“我的爱呀，在你这里”一类的陈腔时，穆旦的诗句自有生气流注：

再没有更近的接近，
所有的偶然就在我们间定型；
只有阳光透过缤纷的落叶，
分在两片情愿的心上，相同。

这里，从“主智”泛出的诗意之光，给予读者的感受不只是澈透灵魂的抚慰，还有足以唤起读者的趣远之心，去寻求爱情生活的健康、深邃和充实。

二十五

为诗之难，难于以崇高的审美意识对客体的把握。在实际创作中，不难看到一些诗虽有物我会心的因素，但仅仅停滞在感觉、场景的色彩和情绪瞬间的跳动上。这显然是不够的。

艺术的空灵必须由此推进到对象的核心，求得完整的思想和完整地对情绪世界的把握，使之与客观对象完全融合。否则，灵气如同偶尔的火光一闪，也会在感觉世界面前四分五裂，其结果，将是艺术的支离破碎。

今日诗坛上那些挤走了鲜灵的生活气息而急于“图解”的行吟，那些徒作隔岸观火而“昂扬”地堆积着讲述性词汇的篇什，那些单凭一点表面感受就匆忙装进“大言壮语”的平庸之作，以及那些一味流于卑琐或醉心于独弦琴上一己之悲欢的咏叹，之所以常常狂生枝蔓而鲜有壮雅之怀，其源盖出于缺乏对度物取真的把握力和贯通意脉的穿透力，既不能使生活真实溶解于主体审美意识中，也不能使审美理想沉淀在生活真实里。而达不到与对象的完全融合，诗人的情感也难能汇成奔流的状态，更谈不上行神如空、行气如虹了。

二十六

德国诗人诺瓦理斯（Novalis）说：“混沌的眼，透过秩序的网幕，闪闪地发光。”

诗需要剥落万象的表皮，使鸿蒙之理放出光彩。也因此，要达到丰实、空灵的诗境，别无捷径斜路，还是要努力把握典型环境中经过涤滤的情感诉求，使主体的丰富与客体的美之高蹈的丰富在实践中同时运行、一起获得，那才有诗思呈现时大气盘旋的灵动与独造。

Ⅳ　佯谬语言

一

俄罗斯有句谚语:“语言不是蜜,却可以黏住一切。”如何“黏住”,自然也有讲究。

汉语诗歌的语言,有着象形、多义、弹性、精约、雅洁等特性,且常常令人惊叹其灵动、变异。西方人说“在悼念亡灵的季节里下起了连续不断的大雨”,我们用一句“清明时节雨纷纷”就描绘了。我们的“庄生晓梦迷蝴蝶,望帝春心托杜鹃”,倒是要让老外感到莫名其妙了。

“以追光摄影之笔,写通天尽人之怀”,诗之语言有极大的丰富性、多样性和流变性。诗人驱使语言歌唱,“佯谬语言”堪称特异的法门之一。它可以让诗歌重新制定与协调自己的规则。

二

变异性、游移性极明显的“佯谬语言”通常不被看作艺术的术语,而只被称为一种机巧的譬喻。

然而，佯谬和诗歌语言，竟如此反复地被古往今来的诗人们密切地联系在一起，也愈益明显地为当今的诗探索者们所重视和把握，至少说明，我们应当注意从语言的角度探寻诗歌审美规范的特殊性，注意研讨诗歌如何从无形的心理模型向有形的和通过语言表达的形式模型转换，注意考察诗歌语言与科学概念、理论语汇及种种散文（广义的）语象的差异，从而找到用诗的方式掌握世界的语言起点。

三

我们常常讲，语言要准确无误、不悖逻辑、合情合理，并要求作为规范用之于诗。

这么一来，诗歌语言中的变形（如李白的“飞流直下三千尺，疑是银河落九天”，语言变量因夸张造成失真，却体现了主体情感的真实）、变声（如李世熊的“月凉梦破鸡声白，枫霁烟醒鸟话红”，声音转换为视觉，却表现了通感之美）、变质（如李煜的“问君能有几多愁，恰似一江春水向东流”，抽象的“忧愁”一经半透义性的“一江春水”的间接扰动，赋予了并非艺术与生活同构对应而是笼统象征的新质），等等，就成为不可思议的了。然而，恰恰是这种变异和误差，比之毫厘不爽却又一览无余的语言，要更富于神韵，更能唤起人们对诗歌的虔诚。

四

通常情况下，一种语言表达似乎只有通过真实性、常识性和逻辑性的检验才具有意义。但正是在这一点上，诗歌语言和科学文献、散文叙述的表达格式不一样。例如，科学文献这样写："在××海航行的船上站着一位戴红头巾的少女"；散文描述则在实体的基础上情理兼备地说："船上那位少女的红头巾迎风飘扬，好像一只红色的鸟儿"；诗歌语言则实行了几乎是不合情理而又还原于心理真实的意义转换，以佯谬的方式出现：

> 头巾
> 那只红色的鸟，
> 在日本海上飞翔。
> 把火焰的反光，
> 投向灰色的天际，
> 投在你凝神的脸上。
>
> 没有风暴就够了，
> 然而也没有固定的风向。
> 也许是为了回答召唤，
> 翅膀发出弓的鸣响。
>
> ——北岛 《陌生的海滩》

把"头巾"不是比喻而是断言为一只"红色的鸟"，且有"火焰的反光"，能"发出弓的鸣响"，这类句法不仅是虚假的，还是荒谬的。但正是这种荒谬性的语言结构，在其隐义层面上，投射着诗人在那灾难岁月里，对于悲剧性人生际遇的忧患意识和抗争意识。

五

不妨这样认为：科学和真理的逻辑表述，要求语言趋于稳定而摒弃佯谬的一切痕迹；诗人在表达真理和真情时，则往往需要求助于佯谬语言——表面上似乎荒谬与诡谲，实际上从审美心理模型的角度去看，是更见流动、更合情理的语言。

这也诚如歌德所说："这个包含在大而深的理性之中的'小小悖理'，赋予诗歌以特殊的魅力。"我以为，这一夸张之说，反倒可以说明创作实践中很容易被当代许多作者所忽视的诗歌语言的某些本质因素。

六

倾心于语言艺术的诗人，对诗歌语言中"佯谬"这一内在规律应有所通晓和把握。这种内在规律构成了诗歌语言历史的"琥珀"。

从苏轼"论画以形似，见与儿童邻；赋诗必此诗，定知非诗人"的名言，到陆游"百草吹香蝴蝶闹，一溪涨绿鹭鸶闲"诗句的"谬误"迷离；从欧阳修故意不说"泉洌酒香"而构筑悖理的"泉香而酒洌"，到今人舒婷机敏地抒唱"世界也许很小很小，心的领域很大很大"，这种种不合乎常规和有悖于逻辑，增强着诗歌语言的活力。

七

法国当代美学家让·科恩(Jean Cohen)对科学、散文与诗歌在同一语境状态之下的佯谬修饰语句进行了颇有趣味的定量分析。下面是以十九世纪法国文学语态为例所做的统计：

类别	作者	悖理数量	总计	平均值
科学文献语言	贝特洛 贝尔纳	0 0	0	0%
小说散文语言	雨果(小说) 巴尔扎克 莫泊桑	6 8 10	24	8%
诗歌语言	雨果(诗歌) 拉马丁 维涅	19 23 29	71	23.6%

这是一个明显的递增。即使在同一文学语言范围内，作为韵文的诗歌的差异(23.6%)，也是作为非韵文的小说散文差异(8%)的大约三倍之多。尚需附带说明的是，这个统计中的雨果(诗歌)、拉马丁和维涅属浪漫派一组，是作为十九世纪法国诗歌的代表而统计的；科恩在另外的统计中标明，若以兰波、韦莱纳、马拉美为一组象征派的代表，其语言中的悖理的平均值则达到46.3%。这些至少可以说明，从语言角度看，悖理量的差别，就可使非诗的作品与诗的作品得以区别。

诚然，这种差异也不可无限度地膨胀下去，当悖理量值达到某一特定的极限（如 80%或 100%）就会发生质变，变成诗以外的另一类型的东西，也就不属于我们研讨的范畴了。

八

T. S. 艾略特曾说诗里“语言永远作微小变动，而词永远并置于新的、突兀的结合之中”。现代人文科学的发展也表明，科学文献越来越把词语冻结在严格的外延之中，而诗人的行动恰好相反，是“破坏性”的。他所运用的语言词汇，不断地互相修饰，不断地重新组合，从而互相悖于彼此的词典意义，也互相冲撞、互相穿透和互相转换。

中国学者钱锺书先生在其学术巨卷《管锥编》的第四卷中，对“悖论可成好词”一则做了旁征博引的论述。钱先生特别对陶渊明《闲情赋》中“愿悲问世”、十“愿”成十“悲”的悖理妙境做了研究，指出：“实事不遂，发无聊之极思，而虚想生焉，然即虚想未遂，仍难长好常圆，世界终归阙陷，十愿，适成十悲；更透一层，禅家所谓‘下转语’[①]也。”[②]陶渊明运用悖论写

① 引者补注：“下转”，词出自佛书《释摩诃衍论》之二：“诸染法有力，诸净法无力，背本下下转，名为下转门。”意思是说，最初于所对之境，记忆难忘，缱绻不绝，以至于愚痴成性，反而超越决断疑念和通达事理，背离不妄不变的人本心体，而由此产生了生者死、死者生、生生死死、死死生生如旋火轮的楞严境界。《闲情赋》中由悖理造成的悲悲愿愿、愿愿悲悲，亦如火轮之旋，一如这深层的“下转语”，从而产生感人的艺术魅力。

② 钱锺书. 管锥编：第 4 卷[M]. 北京：中华书局，1979：1222～1223.

透了人间愿悲相悖的意韵,即使是西方诗歌小说中有愿为意中人腰间之带以及口边之笛的"一愿"或者有"愿亲肌肤""甘为蚤虱""乐作溷器"等的"多变",都不足以为陶渊明之继响而稍逊一筹。究其原因,正是缺少这种"下转语",缺少悖理在深层结构中的自如运转。

九

我们不能仅仅满足于从词语表层和形式表征上去看待诗歌语言中的佯谬和悖理现象。实际上,佯谬现象的出现,是由诗人对外界提供的大量信息进行选择后建立的知觉模型。它是在向经过滤化、增删、变形而再造的审美心理模型的转换时产生的。换言之,佯谬语言是诗人由"以眼观物"到"以心观物"的审美需求和自然结果。

江河的《星星变奏曲》是诗人成功的作品之一。但从诗里很难找出更多逼真的、像画面般实在的关于星星的视觉符号。诗人"变奏"出另一个星空:

如果大地的每个角落都充满了光明
谁还需要星星,谁还会
在寒冷中寂寞地燃烧
寻求星星点点的希望

最"自然"的星星经过滤化与变形,被转换并再造为发自内心的欲望。"在寒冷中寂寞地燃烧",首先把人们从多年来习惯于“闪光的星星，明亮的眼睛”的嗜眠症中唤醒，激活一种超自然的惊奇感觉。诗里那种“星星”的形态特征，显然已同诗人所要表现的心灵渴求，有着视觉、心理乃至语言等的复杂联系，并被精心选择和重新调制。这一点可以说是诗人表现一个特殊年代里追求理想而不能如愿之痛苦的创作动因，也是审美心理的一种需求。这种对于星星的从自然视觉到心理模型的转换，意味着在内涵和性质上的背离：

谁愿意
一年又一年
总写苦难的诗
每一首都是一群颤抖的星星
像冰雪覆盖在心头
谁愿意，看着夜晚冻僵
僵硬得像一片土地
风吹落一颗又一颗瘦小的星
谁不喜欢飘动的旗子，喜欢火
涌出金黄的星星
在天上的星星疲倦了的时候——升起
去照亮太阳照不到的地方

一个摆脱了虚伪，却充满沉郁的灵魂和神秘的星星进行着对话，一个动荡时代的风暴通过星星的变奏在诗人心灵中得到回响。理想使痛苦释放光辉。奔突的野火从表面上消失，激情被隐藏起来，冷峻的沉思风格由此而生。“星星”不是一种知觉的实体，而变为一个审美的“中介”。作为“自然”的星星和经过“变奏”的星星，从形态到性质都发生了背离。若用诸多美妙深曲的笔法去描绘作为实体的星星，在很大范围内不免受到物的制约；而一旦心理能量近乎随心所欲地发散，诗人心游万仞，精骛八极，充分体验着人对物——诗人对星星的驾驭，那是超越自然客体而获得的精神自由。这时，语言表达上的悖理与佯谬，成为无形的审美心理内容所找到的美感的物质形式。

这又标志着诗歌创造活动的真正开始，因为它意味着诗人挣脱出了与自然物象简单的、相对被动的同构关系，而进入了又一个更真实也更具主动性和创造性的审美天地之中。简言之，在诗人审美需求产生的强大心理驱动力的作用下，发出了从“人为物役”到“物为人役”的转换，进而生成另一类新的图像符号——这就是佯谬语言的心理机制。

十

作为一种诗歌语言，佯谬应具有整体性的特征。换句话说，它对于诗歌创造是一个完整的机制。实际上佯谬存在着以下三个梯次：

一、佯谬的确立；

二、佯谬的形态；

三、佯谬的还原。

这是一根链条上的三个环节。

“佯谬的确立”主要是指一种观念的确立，也就是确立诗歌中语言关系(例如能指与所指之间、诸所指之间)的特定类型,从此确认诗歌语言不是受线性逻辑约束的通信性的和叙述性的,而是作用于人类的经验与人们的期待的幻想性的佯谬性的自由创造物。

“佯谬的形态”是指差异的设置,亦即构造方式。

“佯谬的还原”,则说明诗歌语言的荒谬并非诗的终极目的,而是为了在另一范畴之内的明晰而偿付的必要代价。

联系起来看,佯谬语言的活动过程,语义与构造承受着天然的变异,同时被失去却又被重新修复,从而成就了一首诗的新境界。

十一

佯谬的确立,首先体现一种关于诗的观念。我们要辨明诗人在作品中创造了什么,更应该弄清楚诗人究竟以何种方式去实现这种创造。一首诗并不是一则报道,也不是一篇评论,而是具有一定结构的形式,一种表现性的形式。

这种创造出来的诗,其构成成分有题材、原型及语言等,它们之间有着矛盾和平衡的作用力,就外观而言,不一定要与原先真实的事物、事件或经验的外观等同或对应。恰恰相反,这种诗在常态下是以异质同构的方式联系着和再现着某种生命所希冀、所期待、所追求的人生经验的幻觉与虚象。这是一个感应并呈现客观世界的象征的情感世界。这正是人们之所以要从诗中获得自己期望的东西,并把它作为一种精神补偿的缘故,也是诗之所以常常借助佯谬的语言方式去创造情感与思想的幻想的道理所在。

这样一种诗的观念的确立，能让我们从既把诗解释为叙说，又把诗理解为特殊的陈述技巧的进退维谷的困境中解脱出来。我们也就可以从诗歌语言模式的特质出发，进而探讨佯谬设置的基本形态。

十二

一般地说，佯谬的构造方式有以下三种形态：

一种是可逆性佯谬。在诗歌创造中，当“不同寻常的秩序之于不同寻常之情绪”（柯尔律治语）时，可逆性的矛盾语象和矛盾修饰往往是语言构成配合的通常方式。不过，现代诗歌语象中的可逆性形态，既汲取了古典诗词“反常合道”“正反相形”的堂奥，却又不简单地等同于一般的对比艺术。它主要表现为语言内部自身矛盾冲撞所生发的抗衡、渗透和相克相成，从而形成一种似谬实真的艺术张力。

一种是否定性佯谬。为了寻求一种矛盾替代的新的关系，为了寻求事物表象背后的潜藏含义，采取佯谬的否定性形态，有时会强化诗歌语言的美学魅力。当诗人的喜怒哀乐达到极点，他们往往通过一种形态的转化表现出极度的反常，见出位之思，反拨之语，否定复否定之辞，似谬而真。

再一种是含混性佯谬。含混有模模糊糊、似是而非、似花非花等意思，相对不明晰和不可解。实际上这是另一种“离方而遁圆”（陆机《文赋》）的语言构造方式。

十三

通用的推理性语言很难将复杂的情感生活诉诸人的特殊审美感知，而剪取事物中那些与主观感受相关的部分进行屈伸倚伏的同态对应，把与情感生活不搭界或不相称的部分“模糊”掉，就会从整体上造成朦胧的语言环境。这也是一种似谬实真，可以唤起生活的视觉表象，流溢出迷人的诗情画意。

十四

我们要描绘和吟咏如下场景与心绪：这里有鹦鹉啄食而剩余的颗颗金黄的稻粒，这里有碧绿的梧枝可供凤凰栖息至老，这珍禽和美景，多么奇妙而令人神往……若按常识之理与时空之序，作七言律诗“鹦鹉啄余稻谷粒，凤凰栖老碧梧枝”是此谓也。然而诗圣杜甫故意“把水搅浑”，在《秋兴八首》中捣乱之：“红豆啄残鹦鹉粒，碧梧栖老凤凰枝。”这里，属词造句，一破文字之本，稻粒变红豆而辉煌，梧枝有凤栖而金碧，越发增强了诗人对旧游渼陂的眷恋之情；这里，语序打乱，反道及至意宽，颠倒“稻”“鸟”而突出“红豆”，“凤”“梧”语反而凸现“碧枝”，也越发触动读者欣赏景色的奇趣。语法上的模糊、语义上的荒谬、语序上的破坏，在诗中反而造成了一种“合情合理”的诗情画意。客体事象被蒙上了一层朦胧的面纱，主观感受更显得清晰而强烈。

这种诗歌语言构造的内在规律，就在于作者和读者一旦进入诗创造的境界，无法直译其中的“步骤”“次第”“道理”，在自然生活现象中确定不了它的位置。但这不是真的含混，而是为了激活人们的审美感知去求得清晰；也不是真的不确定，而是希望聪明的读者通过联觉去感悟、确定。

十五

佯谬显然使诗的内在知性意蕴具有多义性和随机性。不过，诗歌美学的目标并非取消内在的逻辑，一任未经智性淘洗的直觉和知觉无为地迸发。诗歌语言依然要在混沌中建立某种新的秩序，那就是对“情绪逻辑”的尊重与恪守。

在这方面，有成绩的新诗探索者们并没有失控。最早被判为“令人气闷的朦胧”的诗篇，是诗人杜运燮的《秋》。首句“连鸽哨也发出了成熟的音调/过去了，那阵雨喧闹的夏季”，乃是为了表现发生在中国大地上的历史转折，而借用通感的手法设置了佯谬，又以语序的颠倒增强了语势，我们不难看出诗人审美感知的情绪层次。

这种朦胧“佯谬”，使语言包含着“意义不确定性”和“意义空白”，无疑也顾及了读者的期待视野和审美再创造的能力。显然，这是聊备一格的语言秩序。

十六

从佯谬观念的确立到佯谬形态的设置，在真正的诗创造中，最终都导向第三个梯次——佯谬的还原。

对语态、语序、语象的种种“荒谬”处理，“破坏”只是为了“重建”。在语言修饰组织和表达中，“形”符号可以被失去、被调整、被组合；“意”符号则在一个新的审美范畴内被重新找到。

这样，我们自然有必要把诗中的佯谬语言和一般的荒谬句子加以区别。两者虽然同样表现出悖理反常，但最根本的差异就在于，前者的悖理反常可以还原为合情合理，而后者则难以达到。由此可见，只有把“佯谬”问题置于诗歌创造系统的完整机制上加以考察、加以运用，才能发挥其传达的功能与价值。道理很简单，既称“佯谬”，就意味着是假谬而非真谬，须在“反常”中寻求“合道”。那种“为荒谬而荒谬”或“为含混而含混”的语言处理，乃至一味追求怪诞不经的形式，显然没有深得诗艺之堂奥。

十七

钱锺书先生指出：“诗之情味每与敷藻立喻之合乎事理成反比例。”长期以来，我们当代诗歌的语言，在一种被机械和简单地理解“大众化”的表面提倡下，被过于要求明白、确定、易懂、易记、易唱及有像散文那样仰仗叙述的逻辑。常规的敷藻和线性的观念对于诗之情味的破坏，并没有引起人们必要的警觉。

今天，我们应当说：请不要把诗歌语言钉在大众化、逻辑化、口语化的禁柱上。请不要以为诗歌语言到二十世纪五十年代就停止了、规范了。请不要把新诗探索者对于“大白话”式的语言的逆反与冲击视为异端。

请相信：在伴随着生活的发展而发展的语言世界里，以各种各样的方式去索取自由，是诗歌艺术正常的自我更新和自我完善。也出于此理，我愿意吁请在当代诗歌创作中不要再把“佯谬”语言仅仅作为一种比喻，而能够逐渐将它作为一个专业术语，为我们更多的批评家和鉴赏家所使用。

V　贡院对话

一

思之帆

我所供职的单位，借一古老的名号，称作“翰林院”。地处旧时的“贡院”。这里的一道风景是学术性对话之兴盛。在下亦有关于诗歌的种种对话，朋侪唱叹，气类不孤，参与其间，享受诗性智慧的快乐。

海德格尔曾指出：对话鼓励我们伴随反思。此反思既非炫耀诡辩的观点，也不容忍讨好附会。思之帆坚定地把持物之风。诚哉斯言！

二

芳菲菲其弥章

问：当今大陆诗坛上，有人说诗歌越写越玄，读者越来越少，以致有这样的批评：“现在写诗的人比读诗的人还多。”事实究竟如何？

答：应当允许有人对诗歌现状提出批评。也确实有不少诗不能令人满意。但是,断言“写诗的人比读诗的人还多”,把诗的想象、夸张手法,用到调查研究、文艺法庭上来,未免滑稽可笑。当今文坛上,过誉小说、抬高影视而轻视诗歌,似乎很摩登。其他一些国家好像也是如此。譬如俄罗斯有人戏说:“俄罗斯诗人多,每张树叶都有二十个诗人在写。”

需要为诗歌一辩。

我以为,观察问题首先要看基本的方面,或者说,先要看主流。特别是在改革开放的路线指引之下,诗歌迎向新的生活、新的时代,以其真诚歌唱着土地和土地上的风云,以其独标真愫而不是对镜练笑,以其对陈旧思维模式和艺术规范的历史性超越,以其广泛探索、百舸争流、旁若无人的风采,以其主客体交融的艺术个性和人性深度,从数量到质量,都开创了新中国最令人鼓舞的阶段。现在总的诗歌景观,是全面展开的姿态,不是一个或几个星体在发光,而是普希金的名句所描述的,是许许多多“迷人而幸福的星辰”。

试举一例:我和北京大学教授谢冕一起,应人民文学出版社之约,主编了一部《中国新诗萃》。从大陆二十世纪五十年代到八十年代,一个年代一卷,共四卷,选收了二百余首诗。遴选的标准很简单,一是诗应当是诗,二是恩格斯反复强调的历史的和美学的观点相结合。我们可能有所偏爱,但不怀偏见,力求“秉公办事”。结果是这样的,从五十到七十年代这三个年代加起来的入选作品,和八十年代(而且仅仅是前五年)入选的数量差不多,四个年代入选作品数量的比例大体是5∶3∶2∶10。而且,八十年代开始涌现的新人的创作起点要高于五十年代的新人。“长江后浪推前浪”,这一基本事实,不是任何主观臆断可以抹杀得了的。

至于非议诗受冷落，这不是科学的态度。目前全国专业写诗的有一千多人，业余作者几万人，由诗爱好者结成的社团达上千个之多，怎么能说少呢？说诗没人看，那是不看诗、不懂诗、不研究诗的人在指手画脚或是对诗歌事业漠不关心的人的天方夜谭。还是请他们迈开双脚，先到生活中、群众中、青年中去调查研究一下，再来发言吧！

问：近几年，诗界不断发出对作品与诗论“读不懂”的慨叹，对此你做何感想？

答：我一直认为，对于复杂的问题须做具体分析。“一刀切”不是辩证法。老诗人冯至生前曾在他的笔记本上写有四行“戏作”：

有人说是“崛起”，有人说是“朦胧”，
请原谅，我都不能苟同。
奇丽的山峰总有个来龙去脉，
历代的名篇不都是一看就懂。

我赞成这首“戏作”通达的观点。主要原因有两点：一是任何好诗都不能割断传统；二是不宜把“懂”与“不懂”作为评诗的标准。冯至先生是搞创作的，说到关键点上了。我以为，从诗歌理论角度看，情况似乎更复杂一些。因为理论往往是把感性的东西总结升华，又把抽象的东西层层剥开，使之转换为相对稳定的恒久的美学现实，其间难点、疑点甚多。探索过程往往伴随智慧的痛苦、释然的困惑或一时的迷惘。

诗论的“难懂”，大致有几种情形：

（一）由于论者是在诗歌观念变革过程中探讨新的艺术经验和符号价值系统，立意新颖，见解别致，有时会运用某些容易引起阅读困难的表述方式。而某些读者囿于因袭的戒规和迂阔的观念，或限于个人的习惯性趣味和体验，又不肯下功夫去研究新问题和新情况，就轻率挖苦“看不懂”。这是一种变态的文化心理。

（二）有些论者在探寻一颗颗闪烁着诗意之光的理论种子时，在开掘诗美的奥秘——诗歌的外部规律与内在律动时，有思想的火光，有见解的新创，但并没有找到和理性思维相适应的准确、科学、清晰的表达方式。这倒并不意味着论者故意晦涩，而是探索过程中常有的现象。我们应当理解他们的苦心与匠心，并给予他们理论上的帮助。

（三）有些论者要表达的思想和意念本身是含混的、模棱两可的、飘忽不定的，或自己也是一知半解的。他尚无能力回答自己面对的课题，又急于发表惊人之说。这种做法就失去了理论探索的严肃性和科学性。

（四）还有一种情形是，极少数作者（一般是初来者），理论根底较浅，文化修养也不足，既以遗世独立而自鸣，又以抢出风头而得意。他们为酒甚劣而悬帜甚高，盲目地从东方和西方诗学中寻章摘句、东拼西凑，甚至搬来符箓咒语，文理也不通，其诗论自然让人难以捉摸。

根据上述几种情形，我以为不可一概地谴责“难懂”和一律地嘲讽“古怪”。就我个人而言，我更喜欢理论的深入浅出，不必在语言表述上和具有一定水准的读者过不去，应当力求涵义深刻，启迪心智。要知道，我们进行诗学建设，需要有开拓性的文化性格，不能老调子唱个没完。

问：你是否认为，当务之急是对青年诗作者进行疏导？

答：所谓疏导，是由于诗的“河道”里出现了既引发自身滞留又阻碍别人奔突的“堵塞”，因之要开动“挖泥船”。现在有没有“堵塞”？应该说是有的。“堵塞”无非两类：一类是，告白式概念的搬运，流行的套话，理胜于情的“号筒”，我们不妨把它称为新的“诗八股”；另一类是把诗的触角蜷缩在咏花叹草、顾影自怜的小方寸间，迹近文字游戏的吟弄，迭印“新”“洋”古董的招式，把缪斯放逐到缺氧的枯井里。这两类诗，往往“悬牛首于门而卖马肉于内”，以虚充实，谓肿为肥，写诗者不可轻心轻信，过屠门而大嚼。但是，我认为这种“堵塞”不仅存在于青年人中间（尽管诗作者和爱诗者以青年居多），还存在于老年人、中年人中间。这是诗坛上两种值得注意的艺术倾向。用论资排辈的观念断言老诗人的“河道”必然通往大海，青年人的“河道”必然发生“堵塞”，因而前者必须疏导后者，这是一种形而上学的“名教”。诚然，老诗人饱经沧桑，经验丰富，有责任更多地帮助、引导和支持青年人。但反过来，如果“堵塞”出现在老诗人的“河道”里，而“挖泥船”在青年人手里，又该怎么办？所以，我还是那句老话：“谁疏导谁”是朦胧语言。诗创造的准则应是真理“疏导”谬误，正确“疏导”错误。哪里出现了“淤泥”，出现了“堵塞”，我们就一起开动“挖泥船”把河道打通，一起顺应当代的生活潮流。诗歌界要提倡互相理解、互相帮助，更多地弘扬前进意识，更好地营造竞赛氛围。正如屈原所说，每个人都“佩缤纷其繁饰兮，芳菲菲其弥章”。用我们共同的努力证实：这里不尽是沙砾，确有不少黄金。

问：目前诗歌流派越来越多，五花八门，能否据此判断诗歌界出现了混乱？

答：这种判断有点吓人，似乎诗界又出了大乱子。客观地说，流派多一方面反映了诗作者们思想活跃、创作自由；另一方面，这也反映出确实存在着某种程度、某些方面的紊乱。这里，我仅就流派问题谈点想法。

在相当长一段时间里，我们往往注重一种创作方法，推崇一种创作风格，大家挤在一股道上跑。所谓“民歌＋古典”，所谓“抒豪情，立壮志，面对群山，胸有朝阳”，成为须臾不可离的独白模式。因此，虽有流派的倡导，实际上难有流派的形成。追求“划一”而排斥“杂多”，无异于取消了艺术。近几年以来，诗歌界随着社会和文学的改革开放，为发展多种艺术风格流派而热情呼号，鸣锣开道。据了解，现在打旗称派的很多，全国计其大者的“诗派”不下数十种，真可谓“流派热”了。

或许是出于自己的职业习惯，对待这类“热现象”，我是主张“冷处理”的。“热”应当着意珍惜，没有“热”，也就没有激情与想象、突破与行进；但“热”一涉泛滥，就可能引发反作用，滋生麻木与冷淡。有时我也很担心“流派热”会转成“流派冷”。另外，只为泛泛地辨认与争论“流派”而花去过多的时间和精力，不免是一种浪费，因为作为文学艺术，毕竟要靠有说服力的作品和理论来发言。

这很可能是杞人忧天。不过，我总是想，为一个诗歌流派命名，总是有别于诗人给自己笔下的抒唱对象起雅号。后者可以是某种特征的廓大或突出，而前者，需对文学发展中一种客观存在、独特体现、动态发展的创作现象进行符合质的规定性的科学概括。一般地讲，流派的出现，以流派为核心的艺术风格全面形成，往往是文学创作发展到较高水准和相当规模的结果。那么，对它的要求，应当是严格的，而不是敷衍的；是标准较高的，而不是勉强凑数的。

诗人舒婷在一次“中国当代文学国际讨论会”的发言中说，目前处于潜流的诸多诗派，“还没有相应的作品来验证他们的理论”。我要补充的是，就理论而言：其一，既然是称作“流派”的理论，须有坚实的诗学主张，有主体意识强烈集中、具备自成系统的一家之言。它包括基础部分、核心部分和边缘部分。它要深入认识对象的基本特征和内部规律。它得通过调查研究，将散金碎玉汇聚到“学问”的轨道，在准确描述创作现象与运行机制的基础上，处理好事实命题与价值判断的关系，增强科学性，克服随意性。其二，尽管理性抽象的建构是动态的、多样的，但不论用志繁纷，各持其法，任何派别的诗学研究成果都应转化为“生产力”，都应在流派学说指导下，以相应和大量的艺术精品作为齐头奋进的目标。不能从理论到作品走“样品→展品→礼品”的路数，结果实践不“灵”，昙花一现，成了废品。

但我仍然要说，现今诗坛上“主义”“流派”不是多了，而是还太少——我指的是名副其实而非指玦为璧的“主义”和“流派”。艺术和诗美领域中任何新的探索都是有意义的——不管这片次生林生长的最终结局如何。就如同长江第一漂的遇难者和黄河第一漂的探险者那样，人们不会忘记先锋的角色。

路是人走出来的,“流派”是“流”的。况且称“派”的艺术原则未必能框得住诗人,因为他每完成一件新作,总会收获新的经验、新的突破、新的超越。倘若既不“走”也不“流”,到头来,鼓励风格流派的多样化岂非还是一句空话?

问:您在一次全国性理论信息交流会的发言中透露,有些朋友正在从事现代诗学的“建设工程”。能否更具体地谈谈这项“建设工程”?

答:准确地说,我是这类“建设工程”的一个支持者。从客观的角度去看,我以为,二十世纪以来中国新诗理论的发展比较缓慢,建树尚属薄弱。新诗在我国的发生和发展,主要是受西方(包括西欧、北美、俄罗斯)十八、十九世纪的浪漫主义和批判现实主义艺术理论的影响,加上部分诗人吸收过现代主义象征派、意象派的诗学主张,但他们似乎没有更充裕的时间将这些主张加以“归化”,形成“中西合璧”、独具东方色彩的现代诗学。

还须注意的是我国古典诗论大量的、丰富的、优秀的遗产没有得到系统的总结和创造性的转化。当代诗人和诗论家缺乏对传统诗学中艺术经验和符号价值系统的整体性、层次性和历史性的剖视,亦未能以更多的文化视角和更高的理论层面深入研讨新诗学。这样,在当今东西方文化大交流的年代,考虑到中国诗学历史地位的张扬,考虑到文化认同和文化建设的过程中既要承继又要拓新之必要,考虑到中国新诗理论和创作正在响应改革开放的召唤,当代诗人和诗论家的一种使命意识是以“本土”为立场,以“建设”为中心,也因此,侧重于理论性、学术性的诗学“建设工程”是急切的需求。

我同时还以为，这种在更高层次上探讨诗性，追求诗歌自身的审美价值，选择与研究诗歌文体内在机制的诗学建设，似宜确立若干原则。如，须以诗学理论的总结与建树为主，避免仅做一般的现象描述，也不是具体作品的赏析；“论”须从“史”出，也须从“文”出，而不是纯谈玄学；以诗的本体论为主，在共性与个性的联结中突出个性和特殊性，注重对诗歌内在规律的探究；以创造性的探索为主，克服老化、僵化、程式化；强化批评家的新文化精神，鼓励以积极性思维打破常规的诗学研究，走向诗性的智慧之宫。总之，应将开拓理论视野、总结文化财富、发展现代思维、汇聚探索成果作为这一“建设工程”的学术目标。

三

批评的向度

问：当前诗学研究的侧重点是什么？能否更具体地谈谈您主张的“建设”问题？

答：多年以来我一直认为，诗歌理论批评亟须有科学的、建设性的文化精神注入。我们不承认有终极真理，也不承认有人以真理占有者自居而阻挡别人真诚的探索。真诚与创造，是诗歌创作也是诗歌批评的生命之轮。使我们的批评越过“前科学”阶段跃上新的台阶，使我们更富于理性与科学性，使我们更富于开阔的文化视野和有容乃大的文化魄力，应是孜孜矻矻之所在。

所谓跨越“前科学”阶段，具体地说，是指研究有别于一般的诗人诗作评论，应当从一般的、即兴式、感悟式的“点评”“赏析”以及广告式、追踪式地跟着诗人跑前跑后的“时评”中解放出来，以心态的自主性、批评的学理性、阐释的公允性、研究的规范性和文体的优雅性为高品位的追求，使诗歌研究呈现一种现代庄重的学术风范。这种研究不应当用凝固的结论、死板的知识先验地去框缚鲜活的艺术生命；相反，研究者应把自己关注的课题置于一定的历史、文化、理论的背景之中，抓住诗的特性，以中外现代自由诗探索的成果为开掘的土壤，进行透视、比较、发现、解答、论证和阐释，进行于回顾中前瞻的独立思考。这种研究方略，所说明、所证明的是诗歌理论批评欲照亮的不仅是已经完成的艺术殿堂，并且是将要遵循的艺术之路。在今天，建设性的批评不是动辄对不同学术观点进行爆破，或者甜蜜地重复那些大而空的“正确的废话”。对于每一位诗歌研究者来说，他应表现出探索的热忱、个性和新意，为我们带来意识逻辑的喜悦。探索是没有结论的，结论是再探索。这是人们抵达真理彼岸过程中的纯洁心态。

问：侧重点是否包括批评与研究的向度？

答：可以这样理解。我以为，提出“批评的向度”问题，亦即我们思维与情智的重心置于何处的问题。概括地说，我以为似应注意如下三个批评向度：

其一是时间向度。理论批评应首先面向今天。“今天”是时间概念，是“昨天”与“明天”的桥梁。如果说，诗人的天职是要关注我们的土地和土地上的风云，是要把当代人的感受、遭际、命运、疑虑、忧患、渴求和憧憬，诗意地、审美地表达出来，那么，批评家同样要贴近时代与生活，并且站在当代感、历史感与沧桑感三位一体的高度，去审视今天，审视今天的诗。“今天”可以有实证的泰然，可以有超越的安详，但对于批评家来说，我们尤不可固守“后喻文化”，尤不可固守陈旧的思维模式和感悟目光，更不可像某些人那样把“固守”夸大为历史的神圣。我们从“昨天”中汲取的是超越和创新的内生力，而非因循与复旧的惰力。我们更应关注当今，要满腔热忱地支持诗探索，真心实意地以朋友的态度而不是以判官的架势对待诗创造。探索与创造寄希望于今天的年轻人。他们可能“犯错误”，但犯点错误并不可怕，更何况有些不一定是错误——让时光老人去见证吧。

其二是情感向度。毫无疑义，写诗与评诗需要一种内在的激情。目前诗坛上确实存在着不少苍白的诗作和苍白的诗评。这些诗作或诗评有标语口号式的、广告文案式的、自我推销式的、乱吹乱捧式的，造成了矫情的泛滥。“说真话”对于诗作者和诗评家是起码的人格要求。但我们的思考尚须进入另一个层次，掂掂真情实感的重量与质量。诗坛上“短、小、轻、薄”，无伤大雅的抒情现象，吞噬着我国诗歌的灵魂与精髓。我们的批评家要经受“流行色”的考验，在稍稍开始富裕时的二度精神匮乏中，高蹈接近圣洁的述说，和真正的诗共同承担生命的苦难和理想的煎熬。

其三是智慧向度。“诗要用形象思维”不过是问题的一个起点，是各种艺术多种文体共性的要求。一旦进入殊相的研究，诗歌要有生命的高峰体验，要有内在的心理特征。这样，在形象、情感的背后，深刻一些的诗，往往是知识命题的呈示，是真理自身的显露。因而理性、智慧、抽象思维不应从诗国被驱逐。相反，诗与哲学并置于人类文明的金字塔之顶，诗人和诗评家不能不对现实和人生有哲学意义上的深层把握。东方智慧是了不起的，重视综合思维、整体观照，妙在不确定性、模糊性和写意性，好在时而以心观物，时而以物观物，感应的悟性和语言的弹性使诗歌兴味无穷。但它也需要西方智慧的分析思维、知性话语来弥补其欠缺。东西方智慧是人类共享的精神财富，批评家不必理睬"数典忘祖"的训诫，而坚实地努力使自己"中外逢源，古今无碍"，把理论批评提到更豁达大度、更富于智慧的学术品位上。

冷雨疏花不共看，萧萧风思满长安。诗歌批评是个性的行为，却又召唤着"他人"。

问：您认为在诗学研究上有没有向往性的风尚或学派问题？您倾心于何种批评？

答：在诗歌界乃至当代文学批评界，我倾心于一种"新学院派批评"，并对此做过呼吁与提倡。伏尔泰有句名言："长期以来我们有九位缪斯。健康的批评是第十位缪斯。""批评"这位缪斯应当和其他的缪斯一样美丽，一样青春永驻。如果她过于趋时、浮薄，热衷追逐世俗的热闹和实用的喧哗，很可能因贫血与急功近利而迅速成为精神殿堂前一个年老色衰的守望者，受到那九位姐妹的嘲笑。健康的批评需要创造的热情和真切的学风，无论是美或刺、寻美或求疵，都需要讲究深明学理，充满睿智，洒脱从容，以思想的深邃性和表述的清晰性，去预防或补救那种时而亢奋、时而疲软的实用消费型批评给诗学乃至文化建设带来的损害。

也因此，对于一种批评品格、批评风尚和批评境界的向往，我以为，提倡批评的学术化，乃是当代诗学研究乃至文学理论批评健康发展的重要环节。而批评的学术化，正是“学院批评”的基本精神与内在秉性。“学院批评”并非高墙深院、僵化教条的同义语，那不过是习惯势力的误解而已。事实上，新型的“学院批评”应该是认真的、自律的、尽可能完美的、有学术风范的批评，决非以往那种掉书袋的笨重操练。

诗学建设中的“新学院派”批评有哪些品格和特征呢？我以为可以做以下归纳：

批评家应将自己关注的对象置于广阔的文化背景之下，进行庄重的、历史的与美学的透视，从历史与当代的联系中，从本土文化与异域文化的比较中，从本学科与相关学科的互补中，发现与解答诗学问题，论争与阐释知识命题；

批评家应有比他人更为独立的思考，更为广博的学养，更为开阔的视野，站在人类都能看得见的地平线上来研究与把握文学发展的脉动；

批评家应把重心放在建设上（自然不排拒清扫垃圾与障碍所必需的“破”），通过批评所欲照亮的，不仅仅是已经完成的艺术殿堂，且是将要遵循的艺术之路；

批评家不是迷迷糊糊地跟着感觉走，亦非拘囿于即兴式的赞叹或印象式的还原，而应将思想家的冷静、艺术家的感悟和解剖学家的精心结合起来，用清爽的知性滤选阅读行为，追寻形而上的思索与表述；

批评家不应对所关注的对象做居高临下的训导，也不可孤芳自赏或自我吹嘘，而应与作家、艺术家保持平等的地位和适当的距离，努力以一种自由而清醒的姿态面对评论对象，寻找并与之建立起心灵的迷路；

批评家致力于文化资料和知识成果的梳理，使之从无序到有序，形成在相关领域中可资运作的、带有规范性的理论构型，从而规避那种跨元批评、用尺量米等现象的出现；

批评家以坚持真理、尊重知识为职业道德之律令，要求自己做道德文章，面对他人，对持有不同学术观点者则怀有学术雅量与宽容精神；

最后，批评家不应恃才傲物，也不应去玩五花八门的“流行色”，而应关注以科学的实证风气，把传统的重妙悟、重意会和现代的重解析、重言传有机地结合在一起，不尚空谈与装扮，但求实在与厚重，并在表述上把那种“辉煌的枯燥”与“壮阔的简洁”视作优雅的极致。

我想，如果我们能达至上述的境界，真可谓当代诗学研究的繁盛之域。这也可以说是另一种意义上的批评的向度。

四

一花一世界

问：何谓“小诗”（或称“微诗”）？有何特性？其美学观如何？

答：小诗目前在海峡两岸乃至东南亚华文文坛上颇受青睐，尤其为年轻人所喜爱。小诗是一种即兴式的、凝练的、含蓄的诗歌品种。它一般以三五行（甚至一两行），最多不超过十几行为一首，表现的是作者刹那间的特殊感受和灵心慧意。它往往思索、暗示或寄寓一种人生的哲理或圣洁的情操，语近旨远，令人赏心流连。冰心《繁星》之一："弱小的草呵，骄傲些罢，只有你普遍地装点了世界。"刘大白有诗："不禁热的炭呵，热透了，心也灰了。"艾青《花与刺》一首："朝向光走的时候，不要忘记后面有影子。"洛夫咏《发》："握起你的发，从指缝间漏下来的/竟然是长江的水/我在上游，你在下游/我们相会在一个/好深好深的漩涡。"这些小诗共有的特性是简短、瞬间、启迪、自由。我以为，小诗除形式短小外，最突出的美学特征是描写和表现刹那间的灵感和思绪。不妨将其归纳为四个"一"：心灵的一动是灵感的飞扬；意念的一闪是思想的火花；感兴的一现是情绪的缥缈；寺钟的一击是余音的不绝。成功的小诗，应是智慧和情感的珍珠缀成的人生经验的诗意呈现。

问：小诗在文学史上的地位如何？目前应如何对其定位？

答：小诗是"五四"以来出现的一种短小的诗体，风行于一九二一至一九二四年间。新诗从西方来，小诗则来自日本的俳句和印度的泰戈尔。一九二一年五月，周作人在《小说月报》第 12 卷第 5 号上发表《日本的诗歌》，首次介绍了日本的俳句并做了翻译。俳句每首十七个音，依五、七、五格式分行。周氏译的松尾芭蕉的一首俳句，简化为一行："古池——青蛙跳入水里的声音。"这属于意译，不求形似而求传神，把日本小诗轻妙的情趣体现了出来。俳句往往情多于理；泰戈尔的《飞鸟集》则理多于情，他是诗哲，对中国爱写小诗的新文学家影响颇大。文学研究会可以划出一个"小诗"的支派。朱自清、郑振铎、周作人、刘大白、俞平伯、徐玉诺、冰心、梁宗岱、宗白华等都写过小诗，而且不少作品晶莹剔透、玲珑活泼，贯穿对人生的观照，对真、善、美的颂扬和对假、恶、丑的谴责。小诗从一个侧面传递了“五四”开明的精神，体现了对理性的追求，在文学史上占有不可抹杀的一席之地。这些年来小诗在海峡两岸和东南亚华文诗坛上重新流行起来，作为一个品种为部分当代读者所喜爱，当前我们应当悉心灌溉这朵小花。审美空间如此之大，没有一个诗人、一个诗派、一种诗体能占有全部空间，小诗的存在“合情、合理、合法”。我们要促使它成为健康、优美的文学精灵。

问：小诗不似一般长诗具有复杂的结构及庞大的气魄，是否可作为现代诗写作的入门？同时，如果小诗与当代读者的“轻、薄、短、小”的阅读习惯相结合，是否更能为当代读者所接受？

答：结构、气魄与“现代诗写作入门”是两回事。“入门”要靠文化修养，要靠诗情、诗感、诗思。不论巨制或短章，关键是“诗”，而不是“非诗”，否则谈不上引领读者步入艺术的殿堂。把长诗比作长江大河，小诗则是朵朵浪花。江河和浪花总是相依相存。台湾文坛有“轻、薄、短、小”之说，我建议改两个字，提“短、小、厚、重”为好。英国诗人布莱克有句名言：一花一世界，一沙一天国。不要把小诗变成浮薄之作，浅显媚俗而不见情重意深。中国艺术讲究以小见大、以少胜多、以一当十，这种观点对小诗创作也适用。大陆有首小诗：“黑夜给了我黑色的眼睛，我却用它寻找光明”，写一代人的感受，风云气远。台湾地区有首小诗：“把你的影子加点盐腌起来/风干/老的时候/下酒”，写人生的况味，耐人咀嚼。以小见大，情理并茂，从接受美学的角度看，更能激发读者的驰骋联想。

问:目前许多广告文案中使用的短句,是否属于小诗?由于小诗经常借由卡片、海报等方式呈现,这有可能窄化小诗的范围,应如何使大众明白小诗的艺术性?

答:“味道好极了”“明星佳丽,技艺高超,美的巅峰”云云,多属王婆卖瓜。诗与真、善、美结成生死之缘,而广告往往是“非诗”的。小诗可以借由卡片、海报传播,“贺卡”就是通用的一种方式。总之,要使广告诗意化,小诗大众化,让人们懂得小诗是艺术精品。

问:小诗同歌词之间是否有些相似?应如何区分?

答:大凡朗朗上口、情深意蕴的小诗都可以谱曲。但不是所有的歌词都是小诗。歌曲是“三分词七分曲”,歌词不借助音乐的翅膀就飞不起来。当今流传到大陆的一些港台歌曲,有些还可以,有些则不雅,从词的角度看,文句不通、制辞蹩脚之处甚多。这恐怕要由演艺界的朋友自己动手净化一下自己的语言为好。

总之,小诗以简约、雅洁、名山留仙住为诗思的呈示方式,应成为诗文中的一块璞玉。老话说:“雕虫小技,壮夫不为。”如今言:“雕龙精艺,工匠有为。”

五

“诺贝尔情结”与诗学问题(2003 年)
——答剑桥大学 Julia Lovell 博士

问:在您看来,中国文学与诺贝尔文学奖无缘,这是什么原因?

答:整整一百多年了,诺贝尔文学奖得主中没有在中国国内进行创作活动的中国诗人,无论从何种意义上看,这都是不正常的。在二十世纪,中国难道没有为人类文化做出贡献的诗人、诗作吗?没有获奖,并非中国人没有诗学建树。

据我所知,在国外,并不是所有的作家都将诺贝尔文学奖奉若神明。这个奖项似乎对书商、传媒以及把文学视为竞技场的某些作家更为重要。当然,诺贝尔文学奖的高额奖项,对于许多以"卖文为生"的诗人来说,也是一个不小的诱惑。

诺贝尔文学奖应该说是个很高的荣誉,其得主绝大多数在文学领域取得了令世人瞩目的成就,应当祝贺。但诺贝尔文学奖并非唯一的、最高的、绝对权威的标准。它不像理科奖项有量化的尺度,也不像奥林匹克竞技那样差0.01秒或0.02米就可以决出冠亚军。诺贝尔文学奖声称考虑到作家的精神、作品的内容,考虑到正面的、积极的、理想主义的文学风格,考虑到对人性及人类尊严的执着探索与神圣理解,也考虑到鼓励作家的母语创作以丰富人类的文化多样性。然而,在这个地球上,在世界文坛上,每一位杰出的作家,其作品都如同独立闪耀的灿烂星辰,具有不可比性。诺贝尔文学奖的评奖,有时也就难免不带有一定的偶然性。顺便说一句,二十世纪有无可怀疑的五大科学发现——"相对论""哈勃定律""岛屿生物地理学""大陆漂移"理论以及"意识与无意识"理论,都被诺贝尔奖评审团拒之门外,其公正性值得怀疑。

这一个世纪世界上使用最多的语种——汉语,往往被挡在门外。这些,不都说明了诺贝尔文学奖有一定程度的欧美中心观念以及地缘问题吗?现代文化总是古代文化长河的延伸，其母题的变奏，其新质的加入，其观念与手法的革故，都不是无源之水。亚洲是世界第一大洲，黄河、印度河、幼发拉底河和底格里斯河流域，均属于人类文明的发源地。这些河流及周边的土壤养育过一代又一代的诗人，但他们却被冷落与漠视，这就构成了一个问题。诺贝尔文学奖评委圈中人曾传出过一种说法：中国作家的作品没有好的英文译本，影响了华人获奖。这种说法是缺乏说服力的。汉语魅力无穷。但如果你把“黄洋界上炮声隆”理解为“在黄色的海岸上响起大炮的声音”，你怎么能领悟中国诗文的意味？东方文学译成英文，要信、达、雅，很难。西方汉学家的翻译一定比中国翻译家高明？不见得吧。相反的例证是，在剑桥经过诗与学术训练的中国现代诗人徐志摩，把意大利文 Firenze 即佛罗伦萨这座意大利名城，译成“翡冷翠”，多么玲珑，多么美妙，给你一种可以触摸的质感，一般人都缺少这种思维与想象。总之，说中国文学为何与诺贝尔文学奖无缘，因素是复杂的。这中间，政治取向的偏颇、意识观念的偏见和地域性的偏心是显而易见的。

中国文学自然需要进一步提升自身的品质。我们也在不断地营造良性的文化氛围，催动大气象的文学精品的产生。对于诺贝尔文学奖，我们大多数华文诗人是沉静应对，宠辱不惊。有什么必要特别渴望得到那些仿佛站在上帝立场上俯视诗坛的人的认可？

问：“诺贝尔情结”会不会影响到诗歌本身，就是说一个诗人会不会为了外国读者或者为了获诺贝尔文学奖而写作？对中国当代诗人来说走向国际读者重要还是强调民族特色比较重要？

答:有“诺贝尔情结”无可厚非。但由热情而热衷,乃至炒作、做秀,则超出了诗学本身。中国诗人不可能为获诺贝尔文学奖而写作。如果把某个奖项看得过于重要,用中国一句俗话,会发生“功夫在诗外”的很累、很无聊的事情。

在当代,中国诗人和其他国家与地区优秀的作家一样,都会采取立足本土、面向世界的姿态和心态。他首先关注和歌唱的是自己脚下的土地与土地上的风云,是先有“当下关怀”而复有“终极关怀”。因此,强调本土性、强调民族特色是很自然的回应。

我想提醒你注意,在西方,向来有一种“超主体通览”的观念,喜欢对一个民族、一部历史、一种文化进行所谓“超主体”重构。英国不是有位诺贝尔文学奖得主吉卜林(1865—1936)吗?他的诗作多属雄赳赳、气昂昂的帝国颂歌和战歌,其为维多利亚女王登基五十周年所写的《退场赞美诗》高唱“我们统治着棕榈与松树,万军之主啊,与我们长在”,同时又有“异教徒”“劣等民族”等侮辱性词语肆无忌惮地出于笔端。吉卜林诗文粗糙,却为当年的授奖词称为“是一个版图包括全球的帝国公民”,这些年再度受到西方注意,原因不是别的,由于吉卜林的作品在文明冲突中是殖民思想的一个标本,无视世界多民族文化多元共生这样一个基本的事实。说白了,这是“西方的超主体”,总想凌驾于一切之上,依据西方的价值观对其他国家、其他民族的文化、文学进行评判。“国际读者”的价值取向与评赏标准有没有?如果有,是什么?貌似普世性或中性化,其实是很值得怀疑和讨论的。

我们主张开放——向全人类的智慧开放,主张交流——

西学东渐与东学西渐相汇流。不过,文化交流一般拿回来的是浓缩了“他者”的意识形态、价值观等文化基因的“有机物”,能不能吸收?吸收些什么?会不会有排异反应?对这些问题我们都要有所考虑。面对所谓的“文化全球化”(这是一个虚拟的词),中国诗人更多考虑的是以我们为主的文化主体性,坚持我们民族的文化立场、文化操守。我们的诗歌有自己的关键词:土地、人民、生命、忧患、命运、血与火、理想与憧憬。我们的诗歌寻索的是从传统到现代的心象、意象和语象。

问:能不能谈一谈“诺贝尔情结”跟中国现当代诗歌的关系?比如,谁是比较关注这个奖的?中国应该去关注这个奖吗?在您看来,它代表什么样的文学价值?

答:这个问题我在前面已做了回答,毋需重复了。我再说一遍,严肃的、真正的诗人与作家并不会去为获奖而写作。当然,也有些人很关注、很看重,甚至去追逐这个奖,但那是他们个人的事。

我历来认为,“奖”不是万能的,它对文学创作的价值不会起决定性的作用。真正决定作家成就和作品价值的,是我们的作家是否具有真切、深刻的人生体验,是否具有丰富、厚实的文化积淀,是否具有独立、独创的艺术才情。一个诗人,他的“情结”,最好维系于作品的意义深度和思路原创上,更要关注在自己的创作中如何体现“文化—生命诗学”。

问:在您看来,我们应该对二十世纪中国诗歌做出怎样的评价?对现当代诗人来说,中国诗歌漫长、丰富的传统算不算一种包袱?

答:对于一个社会的发展来说,历史文化遗产不是包袱,而是不可多得的资源。对其开发利用本身就是现代化建设的重要内容，这将有助于提升社会的整体发展水平。包括诗歌在内的文学艺术，在二十世纪的中国，不应将传统视为包袱，而应当将其视为一种丰富的、需要开发利用的文化资源——当然，要有与世纪共脉搏的转换性的创造。

就中国现当代诗歌而言，在其不同的发展阶段，都曾经有过“反叛”“甩掉包袱”“从零开始”等的呼号。其实，从历史和诗学的角度看，后一代与前贤的关系，是一种扬弃的关系，绝非后来者将祖辈的思维与艺术的成果彻底消灭，而是前辈们成果中积极的、合理的因素，被消融于后代的创造中。大凡有出息的新诗人，莫不得益于先辈的文化滋养。我想，这是思想史、艺术史的一个事实。问题的另一方面是，后代人要真正吸收、消融并转化传统中那些积极、合理的因素，就得否定旧的，一如淘金，千淘万滤，剔尽沙砾方得真金。从这个意义上说，对传统文化批判得愈深，才愈能区别何为精华、何为糟粕，也才愈能使文化遗产中合理的、积极的因素获得新的生命。中国古典诗歌中那些“意境”等的观念，那些“生命共感”的审美取向，那些自由与格律的形式变奏，不都被消融成为新体诗歌中的质料了吗？

中国学界和诗界持续地对二十世纪中国诗歌的评价进行着讨论。评价可以采取各种角度。例如，从二十世纪中国新诗是否建立了新的传统的角度，我想，新诗在二十世纪已经有了中国自己的“近传统”，那就是爱这片土地和举前进火把的传统；追求现代意识与本土表达方式的传统；体式上的“自由”与“格律”相互渗透、相互影响的传统。中国新诗始终处于探索的过程中，不断争取进步，争取和人类发展意识的协调，争取学习其他民族的长处，博采众长。这个过程是艰苦的，浸泡过无数汗水、泪水乃至血水，但却是美丽的。

有些人喜欢用中国古典诗文来否定或贬低中国新诗。其实“旧”与“新”，从文体到诗学已有区别，用尺量米或用秤量布，自然难以得出学理的评价。在我的学术研究中，希望把“过程理论”和“复杂性理论”体现于对文学的观察与透视中。也就是说，不能只看重结果，更要注意过程——中国乃至世界的文学，实际上都处于不断调整、不断探索的过程中；文学不是机械的、刻板的，而是复杂的精神—文化现象，我们学术的头脑和心灵也因此要复杂一些，要善于去揭示许许多多的独立因素，在多种民族、地域、条件与层次下，是如何根据外部与内部的需要而加以调适的，把秩序和混沌融入某种平衡，以坚持艺术的良性循环和创作自由。不仅诗歌，而且小说、散文、戏剧等，也能“随机涨落”，开拓新质出现的种种可能。

我想，我们的交谈也可以越过“诺贝尔情结”，而更多地关注文学、艺术和学理本身。

问：我感觉到，从二十世纪九十年代开始的诗歌变得越来越朦胧、复杂。您如何看待这种现象？这是否是中国诗歌走向世界的一种方式？

答：“越来越朦胧、复杂”是社会转型和生活变化使然。各色人等、多样人生、形形色色的心灵密码，这个时代已经不是用观念支配生活的时代，而是从生活生发观念的艺术时代，与二十世纪八十年代作为主导的“群体写作”相对而言，二十世纪九十年代以后的诗歌似乎更倾向于依属地缘的、民间的、日常生活的个人化、平民化写作,加上不加选择地飘向“酷”的无主题变奏,一些诗歌让人摸不到它们的灵魂支柱和文化主心骨。应当承认,许多诗人在反思,在重新审视传统,在思考现实生活和社会层面的切入点,也在探索如何更诗性地观照与折射生命状态与心灵状态的叙事话语。现在中国每年正式出版的诗集不下一千部,如此繁复、驳杂,任何一位专门研究诗的批评家肯定看不过来,更别说对其进行判断了。

我以为需要对复杂的、巨量的诗歌保持一定的警惕,不可轻易地如影随形,盲目帮腔。事实上并非“形势大好,越来越好”。冷静地看,是不是有些诗暮气十足而有些诗是美丽的颓废?是不是有些诗钙质流失而成为中产阶级的餐后甜点?是不是有些诗成为絮絮叨叨的同义语而与简洁、凝重断了档?是不是有些诗充当软文化和硬暴力的流水线上的批量产品?我有时忍不住要说:诗人啊,人们是爱你们的,可你们要警惕啊!

诗歌创造是一种精神性现象。诗因有大情大义、大悲大喜才出大气象、大器度。从一定意义上我们仍然可以说,诗歌是一种苦难的艺术,诗人要承受痛苦的灵魂的煎熬。特别是在当今,“全球化”绝非意味着苦难不复存在。诗人的使命,应当用良知去正视苦难,用理性和智慧去解读苦难,用生命体验和艺术想象去置换苦难。我们渴望听到更多有血气、有灵思、有大地的呼吸和流水的滋润、更真实且令人内心震撼的声音。

“中国诗歌走向世界”?中国本身是世界不可分割的一部分,何来“走向”?我理解你的提法,只是做一点小小的修正。如果说有什么艺术地掌握世界的方式的话,我还是那句老话:

植根传统，投入现世，海纳百川，追求卓越。

六

长袖今宜舞诗来

《河南诗人》：改革开放不仅为中国带来了经济的飞速发展，同时也促进了中西方文化的交流。您呼吁中国文学要与世界文学“接轨”，即以民族的自主性、文本的独立性和审美的独特性，发出自己的也可以引起海内外共鸣的声音。在网络信息传输快捷、畅通的环境下，是否对诗歌的民族性、独立性和独特性提出了更高的要求？这样的环境又能给诗歌传承和发展带来怎样的机遇？

杨匡汉（以下简称“杨”）：我赞成“接轨”，但并不是说要加入“诗歌的 WTO”——那是没有的。“接轨”要在互动哲学的基础上展开。政治多极化，经济一体化，但包括诗歌在内的文化，只能是多样性的。多样性是当今世界文化的客观现实和必然要求。这自然对中国诗歌的民族性、独立性和独特性提出了更高的要求，我把它概括为“汲古润今，汲洋汲中，独立寒秋，自主创辟”。要鼓励多种可能性的诗探索。

《河南诗人》：在经济社会，文学作品兼具了文化和商品的双重属性，进入市场运作，难免会出现浮躁、哗众取宠的文学作品。您在著作中曾提到，诗歌和哲学高踞于文化的金字塔顶尖。那么诗歌是否可以引领文化在经济社会中的发展方向？诗歌又怎样为文学的良好发展起到有效的引导作用？

杨：希望能区分“事业”和“产业”两个概念。在当今的经济社会中，诗歌创作依然属于文化情怀、精神向度的一种事业。我对“经济搭台，诗歌唱戏”或者“诗歌搭台，经济唱戏”之类的中、小型活动存有疑虑，那不是“产业化”了吗？或许“以商养诗”是一条路子。经商者，如果他真有人文精神，有诗歌情怀，一般不会“心藏大奸”，而能以仁义、诚信、良知处理商务，同时也能支持诗歌等文化事业的发展。“诗会”“笔会”，应是一种联谊性的、心灵沟通、思想碰撞的雅集，是良性的行为，不带任何功利。我始终欣赏《兰亭序》那种诗性的，也是哲学的境界。

《河南诗人》：您曾多次提到汉字对于我国现当代诗歌的强大影响力，汉字所能承载的意义具有其他文字所无法比拟的深邃和厚重感。当下，许多诗人使用 word 写作，通过博客发表，这种便捷也带来了一些问题，比如，网络化用语、口语泛滥、“计算机失语症”等，这自然会给当下诗歌带来很多影响。您认为这是否会侵蚀或消解汉字的深邃和厚重感？这是否还会引发其他我们现在还不易察觉的影响？

杨：中国诗歌的生命与汉字血肉相连。诗人世世代代都在面对自己的文字，也生生死死以汉字为省律行止的式道。一般人把汉字看作是工具、载体，这没错，但不全然。因为从深处看，每个汉字、每个词语，其实是先民的生民意识之升华，是族群的审美意识的凝聚，用之于诗创造，有特殊的意味和表现力。因此，我们必须对自己的母语、文字，抱有十分谦恭的敬意，并准确、鲜明、生动地运用好她。现在一些诗作者用 word 写作，通过博客发表，诗情大喷涌，诗语大创造，诗兴大发作，文字大狂欢，有的几近游戏化了。这反映了创作自由空间的扩大，语言的想象力、文字的创造力以及速效的传播力之空前。同时，这一“空前”也带来了对诗歌，尤其是对汉字的伤害。口语化与诗语化可能构成矛盾。口语可以入诗，但必须具有澄明性、象征性和新颖性，这是诗最起码的要求。我希望能保持（乃至捍卫）汉字本身的纯洁性、精约性。不要乱用语言、糟蹋汉字，如把“非物质文化遗产”写成“非遗”，即“不是遗产”，如爆炒玩世的、行为的、泄私愤的、裸露癖的、张牙舞爪的、江湖气息的“痞性语言”，这些做法都污染了我们的诗歌。依我看，今日新诗语言，最好还是回到“缩龙成寸”，回到典雅语境，回到刚柔相济之美，回到来自我们这片厚土的地气和活力。

《河南诗人》：语言学家索绪尔二十世纪初曾提出“共时”的概念。稍后，从物理学原子结构的现代概念到微进化生物学，从语言学到信息论再到列维・施特劳斯的结构人类学等，都逐渐抛弃了线性的解释，把现实看成是一个“共时的关系系统”。索绪尔还提出元符号系统中具有一种“联想关系”，即不在现场的，只是人们头脑中潜在的记忆系列，这也是一种垂直的共时关系。您在著作中经常强调的“共享时空”概念，是一种什么样的“共时”关系？在每一首具体的诗歌中，“共享时空”又是如何被体现出来的？

杨：对于长久以来人们探讨不止的诗究竟是“纯时间艺术”还是“纯空间艺术”的问题，我倾向于以具有综合性、整体性、交叉性和互动性的“四维时空”艺术的解读方式。在“四维时空”的世界图景和有着创造活力的诗歌之间建立“同构”关系，将促进审美主体的心理结构和审美对象的物态结构之间的关系。在时间的绵延和空间的拓展过程中，诗作者应打破线性思维和单维结构，使诗歌进入多元体系，成为向全人类的智慧开放，也全方位敞开灵魂的艺术。一首诗之所以能有普遍的影响力，之所以能震撼成千上万的人们的心灵，并能产生情感共鸣，往往是因为它结合了一定的空间和特殊的民族文化历史记忆，并且找到了一种情感意境的独创的、时空交织的特殊的方式。所谓"关系系统"，对于诗歌来说，同时引入"空间"和"时间"的向度，经组合与盘旋而闪射诗意之光，恐怕是重要的选项。

《河南诗人》："共享时空"是一个较为宽泛的概念，同样在诗人年龄层次中也能得到体现。比如代际的明确划分也是人们比较关注的问题。随着年轻作家逐渐涌现，有些评论家就提出了"中生代""新生代""80后""90后"等概念来概括某个年龄段的作者群体。但是依据您的"共享时空"概念，文化观念应由单一的纵向传递模式向多元的、或纵向、或横向、或逆向的交叉传递方式进行转移。换句话说，您是不赞同这种代际划分行为的。

杨：对于当代诗歌而言，艺术其实无所谓新和旧，而只有好与坏、真与伪、精致与粗劣的区别；也无所谓"代际"决定论，以为"新生"超过"老朽"、"明天"超过"今天"、"今天"胜于"昨天"，那是进化论的观点，不断的"新""新新"，不断的"后""后后"，但诗与艺术的法则是"深度才是一切"。"中生代""新生代""80后""90后"的群体可以出好诗，也期待从他们中间能出大师，但这可能是一厢情愿的事情。有的诗人到耄耋之年还能写出力作，有的年轻诗人后劲不足，到老也不一定能写出像样的作品。还有些古怪的提法我也不赞同，如“中产阶级诗歌”。月薪达到八千到万元的才算作“白领”“中产”，诗界当下有多少？又形成“阶级”？莫名其妙。复如“无产者写作”，问题的提出者据说是“高知”，是“江湖名流”。哪里是“无产”？荒唐至极。诚然，我们的文化观念、诗学观念要“与时偕行”，要“改革创新”，但千万不能为一些伪命题所左右，凭那些假、大、空为诗为文，不要玩不靠谱的概念游戏了。我更不赞成有些人动辄以“从零开始”“填补空白”自诩，这在诗歌创作乃至人文领域，都是不可能的事情。中国当代诗歌是历史的延伸。我们不论属于哪个“代纪”，都是传统的子孙，也都是经典的受众和传人。因此，重要的是要有对传统的回望，对经典的回响，对先贤足音的回旋，只有木铎传薪，才能使我们站在前辈的肩膀上坚实地前行。

《河南诗人》：“飘零智者”与“文化归属”是您提出的两个概念。从辛亥革命、五四新文化运动到至今的海外华文文学，您谈到，“‘飘零’成为一个历史性的、不断演变的文化意象，体现出华人作家普遍糅合的古典趣味与现代趣味”。您所提出的“飘零智者”仅仅是历史性的吗？是否包含地域性的飘零？

杨：我们处于全球化时代。作为华文作家和华语想象，“飘零”与“归属”是个突出的问题。二十世纪九十年代在庐山召开的一次世界华文文学国际会议上，从台湾赴美的诗人郑愁予给我看了一篇他提交的论文，题目是《为什么诗人总是流浪？》他的这篇论文是从地理到心理谈诗歌问题的，对我很有启发。到了新世纪，这个问题更明显了。你看这世象：知识在流转，空间在位移，记忆在重组，族群在迁徙，网络在游荡，家园在来去……人们已不再“父母在，不远游”了，已不再“重土”而更多地一次又一次地“愿将异乡作故乡”了。以我自己为例，经查阅家谱，我的祖先是陕西华阳的，二十七代以前从陕西迁徙至长江三角洲，我到了上海宝山；我自己读书，上了北京大学、中国人民大学；大学毕业后被分配到内蒙古；三十七年前又从内蒙古回到北京；这些年全国各地远游，游到哪里都会被当地友好地认作“广西人”“湖北人”“广东人”“河南人”……这也算是幸福的“飘零”吧。但我并非“智者”，更非“诗人”，到了国外也称自己只是“中国的一个普通学人”。但到处“飘零”，总该有所“归属”。所以我又提出“灵根自植”的观念，就是说，不论自己“飘零”到哪里，都要保持一瓣素心丁香，都要对文明的传承有所呼应，都要用华人的艺眼观世，用母语表述这个世界。“灵根自植”表达自己的文化归属，也表达一种主体性的自信。漂泊也好，离散也罢，我辈之人，谁不倾情于“海上生明月，天涯共此时”？谁不会心于“秋天共长天一色”？谁能忘怀粗犷阳刚，堪称儒家摇篮的“黄河”？谁能忘怀天际流芳，作为道家滥觞的“长江”？这地理，这历史，这文化，孕育、滋养了我们，如今，更在离散与一统之间、在族群想象与文化传承之间，让我们缱绻不绝地叙说集体灵魂中的苦痛与憧憬。

《河南诗人》：飘零不仅仅是历史性、地域性的，也是心理性的，特别是在现代社会，我们很多人都成了没有故乡的人。飘零意味着寻根和归属的需要。您曾在《从辛亥到辛卯——百年文学的映像与反思》一文中论述道：“归属”不仅是言语问题，而且是一套社会、环境、群体记忆、个人经历等交集绾结而成的复杂体系。二十世纪西方著名的美学家和文学理论家诺斯罗普·弗莱曾提出“神话原型理论”,旨在找到文学背后隐藏的更深层次的东西。而根据荣格的解释,所谓原型是一种种族的记忆,是自远古时代就已存在的普遍意象。这种普遍的意象在每一个时代都会以不同的方式重新发生。那么您所提到的文化归属的中心是什么?

杨:这个问题在上一个问题中有所涉及。这里可以再做一些补充。

先要说明一下,你说的“神话原型理论”,恐怕不能说是诺斯罗普·弗莱一个人提出来的,这种说法在学术上是有争议的。比较通常的说法,这种批评理论来源于文化人类学和荣格把集体无意识视作人类“原型”和“原始意象”的贮存库的观点。“神话原型”这种思维方式产生于二十世纪三十年代,是古代文化研究中的仪式神话思潮与现代分析心理学的综合产物,其理论代表人物除荣格、弗顿、剑桥学派批评家外,还有赫丽生、威尔顿尔、鲍特金、菲德莱尔,等等。代表性著作有《批评的解剖》《金枝》等。这种批评理论,旨在提示文学作品中对人类具有巨大意义和感染力的一些基本文化形态,也反映了当代文化人对神话的浓烈兴趣,超越时间和“渊源”对话。

我所想到的“归属”,自然不仅是神话、言语等问题,而是一套社会、历史、环境、群体记忆、个人经历等交集缩结而成的复杂体系。但一篇作品、一首诗往往难以充分表现这个“复杂体系”,需要找到一些普遍的中心意象。于是,我选择了从“文化母题”切入,去思考“文化归属”问题。2008 年出版的那本拙著《中华文化母题与海外华文文学》就选择了诸如“乡愁”

"放逐""火浴""围城""山水""玉石""圆缺"等富于意象性的母题,讨论了中华文化在不同时代、不同地域以不同方式"重现"的文学经验。我感到这对诗歌创作也有意义。母题的沉积和展开,可以说明诗歌中存在的中华文化之脉和意识之链,始终是"不废长江万古流"。

《河南诗人》:您还提出了在文学中应该坚持的"一个框架"和"一种追求",前者即世纪性的大中国文学,后者为全方位的现代性追求。对于现、当代诗歌来说,这种追求具体应该指什么?对诗歌的发展又有怎样的影响?

杨:大框架指的是"大中国文学""大中华诗歌"。集一个世纪的诗歌经验,为求现代性而创造的艺术空间,曾经发生过、现在还在继续出现三种变奏:在反映现实、切近人生的前提下的多种推演方式的变奏;在内容的自由表达和形式的相对规律之间的变奏;还有就是在古典与现代、传统与革新的冲突上的变奏。变奏是历史的必然。诗歌艺术变奏所昭示于我们的是必须有转益多师的谦卑与宽容的精神,必须有不断创新、进取的探索精神,这是驱动诗歌与文学行进的车轮。再说,大路朝天,可以各走半边。你搞浪漫主义,我搞写实主义,他搞现代主义,还有新古典主义,各自独立生长,却又互补共荣。且让我们"长袖今宜舞诗来",共同支撑起中华诗歌的殿堂,一起去抚摸明天更加鲜亮的太阳。

Ⅵ 长亭谢师

一

在出而入、入而出的诗路跋涉中，路是脚的延长。

穿过亭，穿过桥，停！
这里我丢过东西；
一本小小的手册，
多少故旧的住址。

这是卞之琳《路》一诗中的句子。“手册”“住址”中留有前辈师长的点点滴滴，一“丢”就会成为遗憾。故而我追怀那份师恩，珍惜哪怕是“一面之缘”时的教诲。

长亭谢师，我亦如卞之琳所言：“无声有声我重弄，像细数一串念珠。”

二

谢谢您，冰心先生。

我是吮吸着您的《寄小读者》的乳汁长大的。当年您从大洋彼岸寄来的通讯，以童心的向导把我和成千上万的读者引入爱的天国。待到我从沪上来到北京大学求学时，母亲让我带的书籍，一本是《鲁迅选集》，另一本就是您的选集。

我自然记得二十世纪七十年代初那个腥风的日子，在王府井北口的黄土岗，有幸遇见您和冯牧先生。我自称是“您永远的小读者”，您莞尔一笑，淡淡地说：“路还长，大家多保重。”寥寥数语，却温热了我的一生。

再次见到您，是在一九九九年三月十九日，在海涛声和海鸥声组成的交响中，在一千朵玫瑰丛中安详地长眠的您——我们的世纪老人、小诗之母、散文之母。您手写的“有了爱就有了一切”，成为我们永远的精神旗帜。

玫瑰是您爱的哲学的意象，也永远是多少代诗人圣母式的信仰。

三

谢谢您，艾青先生。

一九九六年五月五日凌晨，您在蒙蒙细雨中告别人世。八十六个春秋，您的二十部长诗、近千首短诗和三十余种著述的卓绝成果，贡献于二十世纪的中国和世界。

为了写作《艾青诗论》，我去过您的故乡，在您出生的那张床上睡过一晚，见到了大堰河的儿子（大堰河是艾青先生的保姆)。

在记不清楚多少次拜访您的时候,清茶一杯,雪菜面一碗,晚辈成了您的忘年交。您对这片苦难的大地爱得如此深沉。在您临终前和我的一次交谈中,您发出人生的感叹:“人生不易,苦啊。写诗更苦啊。但我们总要追求一些向上的东西。诗人要站直,不要泄气。”

您曾整整“被沉默”过二十一年。那一年夏日傍晚,您在送我向车站走的路上,对我说:“我这一辈子坎坎坷坷地走路。地球走过半圈,但我只为中国人写诗。人民在前进,中国是有前途的。最高尚的称号是做一个人民的儿子。”我听到了您内心的渴念,或许这也是您对晚辈的期待。

在您逝世十周年之际,我为您写了一幅书法:“读离骚道遥芦笛断魂旷野绿,问艾青信息礁石无语火把红。”

艾老,“礁石”永远在我心中。

四

谢谢您,郭小川先生。

我一直珍藏着您手书的复印条幅:“占三尺地位,放万丈光辉。”一直感念您在罹难时和我长谈中那一份“把酒论长江”的豪气。我也一直保存着您用复写纸写的那份《在两条路线斗争中》的“交代”材料。那是一份忏悔之沉重和表达之困难兼具的历史档案,一位诗人生存状态和心灵状态的典型文本。

您有过的自豪和历经的屈辱，融汇为矛盾重重的诗学，浸透了错综复杂的思绪。您是个真实的好人，是个有气度的诗人。从《致青年公民》《白雪的赞歌》到《望星空》《一个和八个》，是那样真诚、透明，充满着激情又进行着灵魂的挣扎。动荡时代的诗人，越是复杂越是深刻。

在您遭到监控的时候，我几次偷偷地去看望过您。您说："不让我拿笔，我还握过枪。一旦风云有变，我还能跟毛主席上山打游击。"战士与诗人的心啊，正如您所写的："战士有战士的性格：不怕污蔑，不怕恫吓；一切无情的打击，只会使人腰杆挺直，青春焕发。"在那个年代，有几个人能有您此等风骨和襟怀？

五

谢谢您，冯牧先生。

我一直保留着您从"五七"干校回城看病期间亲自为我篆刻的一枚名章，如今专用于给诗友的赠书。您没有亲生儿女，但有数不清的儿女称您"伯伯""叔叔"或"父亲"。您独自远行，却并不孤独。

您出身于著名历史学家的家庭。家人希望您在自然科学方面有所发展。但您恰恰因数理化不及格而留过级，相反，钟情于缪斯，做的是文学梦。又怀着梦想，带着肺病逃离沦陷的北平，穿过冀中，奔赴延安，征战南北，经历了多种磨难。很少有人能像您那样跑遍长达几千公里的边防地带。

您在云南发现和扶植了公刘、白桦等杰出的诗人。您对动辄用“阶级斗争”的方法解决文艺问题表示不满。在同我多次的交谈或通话中，您对诗人“与其下海，不如攀登”有所企盼；您对“诗歌＝袜子”极为不屑；您呼唤诗界要“出精品，出大家”。您要求我从事研究工作，不要“唯上”，要多听听“来自底层的意见”。

三杯两盏淡酒，怀念您，也告慰您：我们能挡住晚来的风急。

六

谢谢您，臧克家先生。

在家父的书法作品集中，有一幅您 1975 年题赠的书法：“自沐朝晖意葱茏，休凭白发便呼翁。狂来欲碎玻璃镜，还我青春火样红。……偶成一绝，抄奉先厥方家双正　臧克家。”该作品写得飘逸流利，人见人爱，也成了我的“传家宝”。

直到晚年，您还是“青春火样红”。您对我说过：“我是一个两面派，新诗旧诗我都爱。”您古典功底好，一度指责追随现代派的青年诗作者“数典忘祖”，我予以同情的理解。即使如此，那些被您批评过的晚辈，仍然成为了您的同好——因为诗的缘故。

为了筹备粉碎“四人帮”后的首届“全国当代诗歌讨论

会”，我专门去征求过您的指点。其时您年届七旬，身体欠安，未能赴会，但亲笔写了热情的贺信，提出了“诗与生活”“民族形式”“诗的表现力”“继承五四传统”和“理论研究”等五点具体意见。这些教诲，至今仍未过时，还延续于当代诗友们的思考范围内。

七

谢谢您，朱光潜先生。

向您坦白，我是左手捧着您的《诗论》《悲剧的理学》，右手写着自己的拙著——《中国新诗学》的。您是我仰望的诗学和美学的高山，我自己充其量不过是漂流其间的浑浊不堪的小溪。许多当今关于新诗还想不透的难点，如谐隐、境界、节奏、“律之路”等，其实您早在北京大学、武汉大学任教时就讲透了。

您是那样的平静、温和。在母校燕南园那座并不宽敞的院落里破旧小楼的底层，您接待了造访的我和另一位美国教授。时已暮岁的您，头发白得闪光，宽额下的双眼炯炯有神。我聆听着您关于中西诗歌的意见。您谈到，中国文学只有诗还可以同西方抗衡。旧诗的凝练隽永，往往非西方诗可及。您不同意“旧诗阻碍自由创造”之说，对于几千年积累下来的宝藏，新诗人仍有去发掘的必要。

我没有忘记您的教诲：“作诗者多，识诗者少，心中存着一份‘诗容易作’的幻想，对于诗就根本无缘，做来做去，只终身做门外汉。”由于自己没有赋诗的天资，所以不敢写诗，尤其是新诗。

您让我懂得，诗有两个精妙——精妙的感悟和精妙的语言。那是须费毕生辛苦的。

八

谢谢您，钱锺书先生。

您有许多美妙的传说。您自己说过：“人谓我狂，我实狷者。”按师母杨绛先生的解释，此“狷”乃“有所不为”也。我的邻居是您的专职司机，他得意地告诉我“几近闲职”，只是十天半月去一次府上，取回海内外寄给您“指正”的一堆赠书，您嘱咐转赠给图书室或者需要阅读的青年学人。每到年终，您总要给司机发红包。

我陪同一位美籍华裔诗人兼诗论家去三里河公寓拜访过您。寓所陈设简朴，厅里只有两个不及人高的小书架，墙上没有任何字画或条幅。那次是一个特例，占去您整整两个小时的宝贵时间。不过，由于不在一个学问档次，出于“外事”礼节，您未谈学术，只神侃和不少英美学者的旧谊，数十年前的往事甚至细节被您娓娓道来，您的记忆力超强。客人求您谈比较诗学，您当场手书一札，推荐他去找北大一位您所抬爱的年轻讲师，手札的抬头则礼称“××吾兄”。

非常对不起您，钱先生。我迄今愧疚的是，当年自己主编《中国现代诗论》时，选了您的大文《诗可以怨》。征求过您的意见，您给我来信，不同意入选。但我最终还是执意编了进去，事后，您并没有埋怨我。我侵犯了您的知识产权，又感恩您的宽容。

九

谢谢您，吴世昌先生。

在北京日坛路 6 号的单位旧楼，每到“返所日”，都能看到您瘦弱的身影和轻盈的步伐。您是周恩来总理特别请回来的国宝级专家。我们在楼道里执弟子礼，您一一含笑作答，谦和地同大家聊上几句，给人以无比的亲切感。

我永远不会忘记，有一次在楼道里办一个讲座，研究所指定由我主讲《崛起的诗群和面临的问题》，您专治古代文学却对新诗问题也那么关注。在开讲前，您主动走来提醒我：“小杨，搞当代文学研究，要拉开一定距离，千万不要弄成浅薄的时评。”还说：“对于新诗人，不要捧杀哟。”短短几句，是让我铭记一生的治学警号，于今仍不时地响彻我的耳边。

对于诗坛的新人新作，棒杀和捧杀是两个极端的魔棍。吴先生，我会注意。

十

谢谢您，卞之琳先生。

二十世纪八九十年代，北京东城区的干面胡同是我常去的地方。每次看望您时，在短短的交谈中，您总是轻声细语，如坐春风。您亲切、温厚的举止，不失精约、巧妙的谈吐，被我陪同去拜访您的香港诗友们事后连连以“雅士”赞叹。

有一次您约我去谈诗艺和诗评。您严肃地说：“批评是不能再混乱了。要克服不学无术的江湖气。要多研究一些艺术问题，给创作者提出切实的批评。”这让我自然想到，伏尔泰那句“健康的批评是第十位缪斯”的名言。您郑重地将大作——《当今诗歌的艺术问题》交给我主持的刊物发表，在热情、良知、睿智和透解中，跳动着的是一颗真诚的学人心灵。

在当今诗界仍有一股狂躁之风时，想起您，我赞成学长柳鸣九对您的评价：“蓝调卞之琳。”诗是须有更多的“蓝调”。

十一

谢谢您，季羡林先生。

在北大朗润园小河畔您局促的住所里，在堆满古籍新著的书案旁，您真的是和我“促膝”畅谈——连走动的空间都没有。您赞成我们搞一套《东方智慧》丛书，说：“东方智慧和西方智慧不同。东方究竟有些什么思维特点、方式，的确需要好好挖掘一下。”您还特别指点我，“系统论”思想，其实出自中国：“西方人是头疼医头，脚痛医脚。中国人是头痛医脚，脚疼医头。什么道理？就是讲综合，讲整体。”

您也对诗界表示关切：“许多青年人很有才气，很有灵感。当然，不要有老子天下第一的想法。”

您曾下过“回头是岸，不写序”的决心。但对“七星文丛”破了例，因为包括我的《渔阳三叠》在内的七位作者，有几位是北大学子。您以“嘤其鸣矣，求其友声”视我们为“素心人”，见面时聊上几句，得到一些“心有灵犀一点通”的快乐。您自称“是一颗即将关掉光芒的慧星”，但和我们在“序言”中“结成翰墨姻缘，对我们来说，是莫大的幸福”。

前辈先贤。尊师悬灯。

十二

谢谢您，萧乾先生。

我为您在书屋客厅里的“万国旗”而感奋、点赞。那书架的这头和那头都用细铁丝连着，上面用书夹子夹着一张张、一叠叠的稿纸，有用铅笔写的，有用红的蓝的油笔写的，也有用电脑处理过的，窗外微风吹起，活像一面面轻轻飘动的小旗。您会随手取下一份，改了又挂，让人感到您会像变魔术一般变出一篇又一篇美妙的文章来。我陪同美籍华裔诗人去看望您，也领略过这一魔法。

直到病重住进北京医院，我们去看望您时，您还卧在床上，把一块木板当作书桌，一天数百字地写个不停。您是勤劳的农夫。您终生享受着汉字带给您的快乐。

您不以写诗鸣世，始终保持一颗诗心，把一切烦恼，也把寒风和热浪挥一挥手，抛之门外，在笔端，在心里，永远飘挂着“万国旗”。

十三

谢谢您，唐弢先生。

当我们一些研究当今文学的学人们争先恐后地写起《当代诗歌史》《当代散文史》《当代小说史》《当代戏剧史》的时候，您却发现“进化论”可能造成对文学研究的伤害，并提出了尖锐的、引起争议的“当代不宜写史”的忠告。今天我才明白您的初衷，才知道诗学的研究需要注入“时间沉淀”的力量，一切可以入“史”的当代诗作，同样要在拉开一定的距离后才能看得清楚。

您无疑是“闭门掩薜萝，边缘垒书城”的大家。读到您的《唐弢藏书全目》，就现代期刊的收藏，比我们的图书馆还要丰富。您的每一本著述、每一篇宏论，都是言之成理、持之有故、证之有据的典范。您对我说过：“如果‘无物’，不要说一千字，最好一个字也不要写。”在您生命的最后时刻，我只能隔着玻璃门看望您衰竭的面容。您是鲁迅的学生，最后的《鲁迅传》却没有写完——因为您笔下的每一个史实、每一个断语都是那样的严谨。

您签赠我的那册《鲁迅的美学思想》，火候到家，曲有微情，三十年来一直放在我的案头，因为每篇都有您真实的见解在里面。

十四

谢谢您，袁可嘉先生。

一九八〇年初识您时，我称您为“袁先生”，但师母和您外国文学研究所的同事都叫惯了“可嘉”，慢慢熟络起来，我也就和大家一起直呼您的名字了。

您当年住在建国门外永安南里中国社会科学院宿舍的一层。屋里靠墙全是书柜。每次看望您时，您总是搬来两个小板凳，沏一壶清茶，我们两个相对而坐，谈的都是文学和诗歌。小板凳旁边置有手推车式微型书架，说着说着就抽取一本书或一叠文稿，来佐证交谈的问题。

您集诗人、翻译家、批评家于一身。尤其是改革开放之初，您的《外国现代派作品选》《现代派论·英美诗论》《现代主义文学研究》为晚辈提供了精神和情感的支援。您跟我说过，对一度被视为“异端”的现代派，要看到它有“片面的深刻性”。

不过，一些年轻人未得精髓而只知皮毛，并且率尔操瓢，要不得。所以您看了一些仿作，就想动笔改，因为那不是现代诗的味道。

斯人可嘉，一座沉寂的洪钟。

十五

谢谢您，牛汉先生。

您身高一米九零，那块头，足以显示蒙古族男子汉的魁岸魅力。您那写诗时的迷狂和编审时的严慎，足以表现一种中国式的现代文人精神。尽管在坎坷的人生道路上颠踬顿踣，您那达观爽朗的气度，给我，也给所有的诗友以人格的感染。尽管您青春不老，但理解您内心世界的人们，才能看清楚您是“立在险恶的波涛上”，“为海难者悼念的碑”。

您是我长辈式的朋友，每次见面，都直呼我的名字。二十世纪九十年代初，青海要为您出版一部《牛汉抒情诗选》。有一天，您骑着单车到我陋室来，要我为这本诗选写一篇序文。看到我诚惶诚恐的表情，您鼓励我大胆地写，“最好还要批评上几句”。这给了我系统学习的机会。序文写出来了，题目定为《智慧的痛苦与欢乐》，您很满意，并让师母手抄了一份。这篇序文，先是交给《诗刊》，没想到一位责任编辑审阅时，可能看到文章中出现了二十五处“痛苦”的字眼，说：“哪来那么多痛苦？”就把文章毙了。您闻之，吼了一声：“无知！可笑！”就把退稿直接交给《读书》的主编沈昌文先生，并嘱咐："一个字也不许动！"《读书》照办了。

没想到的是最后一次见到您，您是坐着轮椅来参加聚会的。您依然中气十足地发了言。这使我自然联想到老子所言的"强为之名曰'大'。大曰逝，逝曰远，远曰反"。"大"者胸怀大，"逝"者伸展远，"反"在生命还乡。您已西去，完成了诗性生命的大循环。

十六

谢谢您，曹辛之先生。

当师母赵友兰（我的同事）把您的《曹辛之书画选》赠予我时，您已经九华仙游六年。那浸渗于笔墨之间的天然韵致，那力透纸背的铮骨亮节，给了我沉重的震撼。我感恩您，也愧疚于您——长辈式的诗友。

当代文坛上不乏诗、书、画、文兼通的高手，您无疑是大家之一。《最初的蜜》《复活的土地》《撷星草》使您以"杭约翰"的诗人名列史册；您挥洒与尺素之间的狂草、大篆，各尽其妙；您的画以装帧设计为核心，爆发着诗意之光；您为数不多的论文，如《臧克家论》，连史学家胡绳先生也说"有一针见血的力量"。

我特别要感谢您的，是您的热心、无私的精神。您为我国第一家诗歌理论刊物《诗探索》设计了封面，也为我们单位——中国社会科学院文学研究所设计了所徽。而当我去府上大喜过望地受取时，您不但分文不收，还说：“不满意的话，我再重新设计。”

在一次沿着东长安街散步时，您批评了我“有所偏爱”——只为七月派写过一文发表于《文学评论》，而关于“九叶派”未有系统论述。

“九叶”中除了早逝的穆旦未曾谋面求教，其他“八叶”，我都有过交往，且在一些拙文中星星点点地有所论及，但“系统论述”确实才力不逮，因为这是一个“智慧来临”“智境”丰富的诗群。好在“长亭更短亭”，此一功课，“青出于蓝而胜于蓝”，年轻的学人，已在永续地进行了。

十七

火车站上的月台，是名副其实的“长亭”。

火车轰隆轰隆沿着铿锵的双轨踹进“长亭”，载我的前辈到远方去。

那是有暖意、有境界的远方。

那是生命有意义、有终极价值的远方。

那是相识于缘、相守于心、相濡以沫的远方。

那是道尊于势、先贤充当诗歌卫士的远方。

凭阑久，叹山河冉冉，岁月骎骎。长亭谢师，师恩永裕。

Ⅶ　堂郡听云

一

避居京北远郊堂郡农舍，天高气爽。大地狂饮后升腾起一朵朵流云，众鸟高飞，助人遐想。

临风听云，凌云行思。首先思及的是“现代”与“新诗”。

“现代”这一词汇，已铺文学之天、盖艺术之地，也包括了新诗。

事实上，“现代新诗”，是一种文化立场和艺术态度。我们被形形色色的文化观念乃至意识形态所裹挟，作为现代诗人，须有心灵的自由和独立，真诚地面对自己的生命体验，提供与现代人生存有关的严格又新鲜的感觉，寻找新的情感逻辑和语言模式，有经过个性化处理的独特的心态和姿态。而这一切，都和现代生活、现代人的命运息息相通。

“现代新诗”搭建了一个大舞台。诗人们会有历史担当，会有新的、有深度的诗歌思想和艺术观念吗？还得等等看。但有一点是可以肯定的：大视野出大手笔，大境界出大作品。

二

“现代新诗”为中国诗歌史上一大变革。从古代到现代，“新诗”是话语系统的更新，意象体系的改变。

“更新”和“改变”使新诗不断处于动态，且越“动”越烈。近三十多年来，旗号变换，追新慕奇，群趋偏峰，怎一个“不平静”了得？需要带引号的“朦胧诗”“后朦胧诗”“新诗潮”“后新诗潮”“新生代诗”“中产阶级诗歌”等，也就各领风骚七八年吧。

其实，不必对潮流的因素太过看重。太过激昂，太过匆忙，太过线性进化，潮流一过，有太多的浮云散落。时尚和风头一旦压过恒常的准则，便是诗歌文化和美学的一种异象。

三

流云有穷愿无尽，岁岁静观听鸡鸣。

欧洲一位汉学家有篇文章，谈到现代诗歌的三个要点：一、摩登，速度快；二、中心的丢失，本体的丢失，什么都打乱了，成碎片了；三、有现代感的诗，都是和神对话。他讲的有一定道理，比如第二点说现在价值观乱了，道德底线丢了，这是事实。但是整体来说，西方汉学家说的并非都对，中国当代的诗人不应该跟着他走，我们应该有自己的立场、自己的诗歌理念。

个人认为，现代诗歌有六个基本元素：

第一，现代人写的，写给现代人看的、读的、听的；

第二，反映现代人的生存体验、生命感悟，好的诗歌是从生命中挣扎出来的，不是装出来的，不是修饰出来的，所以不能把它当成一种玩花样的技巧；

第三，表达现代人对民主、科学、自由、平等、正义、博爱的向往，一种思想的独立和批判的精神；

第四，在继承、对接传统的过程中，表现出对先贤、对圣哲的一种感恩、一种尊重，并将这种敬畏转换成现代人的智慧；

第五，用经过提炼的纯化口语、现代口语，以拙朴的方式传达深刻的思想和浓烈的感情，走向公共的诗歌平台；

第六，在和天、地、人的对话中，从内容到形式是多种多样的，万物竞秀，百花齐放，没有统一的格式，不强求统一，更不要单一。

诗歌不能不断地用新的技术化的概念替代过去。像“后现代”这样的理论，在中国思想界、诗歌界有积极的作用，但也有不少负面的影响，使得很多年轻的朋友都忘记了我们的祖先、祖训。先人很多杰出的、优秀的甚至现在看来还比较先进的智慧，万不可遗失。要静观“现代”问题，不能什么东西都往“后现代”这个筐子里装。不要热衷于搞一些吸睛式的“三分钟”美学。

四

现代新诗就是有现代意味的新诗。

“旧瓶装新酒”也好，“新瓶装旧酒”也罢，都该是我们能喝的玉液。

好的现代诗，往往是“三套车”：民族性（本土生命元素、民族特殊体悟）、精神性（价值取向、求真求善）和审美性（心智模态、美感能量）。这“三套车”，由语言去完成涅槃。

现代新诗的语言要求：

澄明——语言精醇、透亮，刻意笨拙、清远。

象征——意象思维之丰沛，启迪发端之澶漫。

简约——简洁乃才能的姐妹，简约中显身手。

律吕——从快速多变的心理节奏中寻声协律，从容跃如。

苦的是现代精神，甜的是灵性语言。

五

生命中最天真的因素是自然，是活的文化。

现代新诗要回归自然，让天籁掠过耳畔，沁人心肺。

人类生活在广袤的大自然中。我们抬头望见辽阔苍天，举足接触厚实大地。“天”之雨露和“地”之膏泽养育着自然万物，也温润着每个诗人。风雨寒温，动静炎凉，直接影响我们的生存环境和心灵潮汐。

看来，需要提倡一种“最自然的诗歌写作”。它不是随意泼洒，而是类自然之情，通神明之德，顺势而为。反之，强求逆取之事、离谱之诗，必然有种种后遗症。

道法自然。大音希声。虹影行空。微妙玄通。

六

云有浓妆淡抹，月有阴晴圆缺，人有悲欢离合。大道涵括，圆成一个理的世界、诗的世界，没有欠缺。

云心似镜，碎了难圆。天、地、人、梦皆圆，此一代生宇宙之道，恍惚幽渺，靡所不包，往往无形可循。以一人一事一地一物落笔，由具象至超象，由外表入深层，诗人既澄观香草美玉之“些一”，更腾踔万象，湛怀旷古与观现实之“一切”，魂牵梦回而复归于自在圆足的生命整体，可谓心灵通造化、点缀冥汉间，笔圆意圆，气裕神全。中国诗学重披方入圆，掘取其轮转不息的生命精神，大漠孤烟而气象万千，片石沙砾而江山无限，于混沌里放出诗意之光，亘古至今，践行与砌鼎相和答，与天地共呼吸。

现代新诗同样天理流行，月印万川。

七

在煽情于“盛世”、陶醉于“幸福”的当今，现代新诗依然要有忧患意识。

中国哲学和诗学有一个重要的穿透点，那就是以穿越时空的特定角度，透视并感悟人类过去、现在、未来的“忧患”所在。忧患之雾，遍被华林，人们因之而敏力以求排忧解患的正道。

现代诗应对着怪诞迷茫的车水马龙、赵公元帅的冰冷脸面、惊魂动魄的掠夺残杀、边缘底层的悲情诉求、贫富悬殊的不公不义、灾难频发的族群冲突等，这些难道不使我们的灵魂不安吗？我们难道不应当汲取排忧解患的哲学灵感，以诗性智慧去开辟新的生存前景吗？

诗悬一线。如果“忧患”这条线断了，现代诗易成一地碎片。

八

我们总是在寻找和阐释“金子”。

“金子”就是经典。

经典原本专指古往今来各种重要典籍而延及各种文化艺术的传世精品。对于诗歌来说，那些经得起时光检验、审美淘洗，从而在历史的绵延中恒久地具备人文传承之德效的作品，才有典范性价值。

诗歌经典大致具备四个维度：历史文化的维度、生命体验的维度、心灵拷问的维度、艺术上达的维度。四者兼具的诗歌堪称上品。惜时间尚短，当代新诗中，此类经典寥若晨星。

诗界关注经典，往往不仅为其经典本身，主要是为了寻求经典的当代意义。通过当代人对经典持续的审美解读，使其重新获得全新的价值定位。经典的“真理性”总是在历史进程中具体地形成，成为一条流淌不息的长河中的一潭深水。

大浪淘沙。沙里淘金。人们往往喜欢看到从浪里、沙里洗出来的“金子”。“金子”穿缀成诗歌史，构成一种鉴赏的经验；但倘若只盯住“金子”，可能形成阻碍新诗艺术发展的“守成因子”。因此，对于当下的诗歌运行，我们不必过于用看“金子”的眼光，挑剔正在做种种实验的艺术。

我们走在通往经典化的路上。我们一路低开高足。我们所贡献的是历史命题与文化命题的交集，是思索、反省、化用和美感，是思想性元素带来的提升。对于诗歌评论而言，似乎更要看重大浪里挟着沙子和金子的那一瞬间——它往往是新艺术将要出现的一种常态，一种鲜活的状态。

九

现代诗者，亟须摆脱逻辑思维的演绎与线性推理的叙说，翻空炫奇，造成整体的诗意氛围：

外在气象与内在气象的交融，外象弧线与内象弧线的应合；逃遁语言失真的痛苦，将虚设的一个个具体的“地址”或“故事”作为象征，使理想生活和现实生活协调起来；创制有秩序的诗境形态，去包容混沌的情思内涵；以心灵感应的方式呈现瞬间的多重透视，放射出多层的暗示力；使可解与不可解的事件相融会，激发读者用想象去参与领悟和填补诗之空间；持续“无言独化”的尝试，在处理诗人与世界的关系时尽量让“自我”悠然、超脱又纯情地出现其中；意象结构和音响结构相交叉，以打破单一的叙述性；词语上“文”“白”杂陈，时又取熔古语，辞来切今，以引发现代诗的“古典回响”。

上述诗法，无疑走的是“纯诗”之路。把美感的经验、灵心的慧意、瞬间的狂喜、诗意的传达和风格的独举熔铸为一体，真正的“纯诗”将在内容与形式的统一中得到确证。诗是自由的象征，其自然美意味着人与人的交流，其艺术美意味着在灵台智府足可共享。

十

梁启超对黄遵宪推崇有加。他在《饮冰室诗话》中写道："近世诗人，能熔铸新理想以入旧风格者，当推黄公度。""其精神之雄壮活泼、沉浑深远不必说，即文藻亦二千年所未有也，诗界革命之能事，致斯而极矣。"任公又在《夏威夷游记》中借黄氏而曰："欲为诗界之哥伦布、玛赛郎，不可不备三长：第一要新理想，第二要新意境，而又须以古人之风格入之，然后成其为诗。"

这就涉及融古入新、以古润今的问题。

含章可贞。好的现代新诗，并非仅仅与西方发生关系，而是静水深流，古今相融。戴望舒、卞之琳、穆旦、冯至那一代人的诗，正是生长于暮鼓晨钟的氛围里，既充满现代口语的活力，又含有古典词语的光泽。赋比句的活用，对旧体诗词、戏剧唱词的化用，对西诗以"中国意味"的别用，等等，其新风格、新意境，大都既具现代感，且具民族化的倾向。晚近的一些"新潮"作品，反倒看上去更像生硬的翻译本。

十一

现代诗似乎不必过多考虑"新诗"与"旧诗"。

双水分流，两峰对看，朝着“现代”的同一方向，在高处汇聚，有何不可、不好？

我们曾经以“启蒙”与“救亡”之变奏为背景，讨论现代新诗的“合法性”，并予以历史化。但同时，我们对另一个“活性因子”——抒情传统及其在新变中的渗透，不应忽略不计。

在古典传统文化落幕的“诗界革命”时代（延续至今），有没有古典诗词的现代生产？有没有以旧体诗词为骨干的抒情传统对新诗“历史化”的顽强抗拒？有没有古典所展示的抒情主体性在现代情境下书写的脉络和意义？有没有在旧体诗词背后也潜藏另一层文化编码，昭示着审美意涵上存在一种文化共同体的想象？

答案是肯定的。

故而我们要再度重视：中西诗歌观点的交集和差异；新旧诗歌理念的越界潜能；“新知”与“旧学”的共生同谋；歧异与故常的流动性和相对性；守成与新变在同一位现代诗人身上多重暧昧的呈现。我们也正是从“新”“旧”互渗互动中，把握现代诗暗涌的脉搏。

十二

就作品本体而言，现代新诗语言对于抒情达意似乎存在着严重局限。许多语言（不论是自然语言或人工语言）中的字或句都存在某种值的变量，我们称之为语言变量，处理它时就得到一种模糊辞集。譬如：诗中常出现“风”，它的辞集也是模糊集合：T(风)＝晨风＋晚风＋东风＋西风＋耳风＋飓风＋烈风＋逆风＋顺风＋春风＋寒风＋狂风＋陆风＋旋风＋朔风＋台风＋惠风＋熏风＋古风＋遗风＋妖风＋威风＋……不一而足。因此，诗作为人类高尚、丰富的精神文明的反射和回声，情感世界的高度杂性与诗歌语言的高精密性之间是遵循着不兼容原理的。中国古人的文心似乎与此理相通。《周易·系辞下》说："夫《易》……其称名也小，其取类也大；其旨远，其辞文，其言曲而中……"董仲舒也就由此得出"《诗》无达诂，《易》无达占，《春秋》无达辞"(《春秋繁露·精华》)一说。如果排除此说为汉儒断章取义解经制造舆论的企图，那么，"《诗》无达诂"从广义上讲，毕竟也道出了因情理的丰富性和语言的局限性的矛盾所造成的困惑。当然，承认"《诗》无达诂"的模糊属性，在我们看来就是承认作品的开放性，因而也承认阐释的自由。但这并非意味着否定一首优秀的诗篇的基本结构，总要把读者的反应引向具有相对规定性的渠道，暗示出填补那些意义空白的相应天地。

十三

现代新诗应有一定的温度。

这一温度，是集古典传统和现代之创造的能量于一己的释放，是涵今茹古义，但期拓于境的积极回响。

这"回响"是什么？

它可能是让纯美与庄重跃入视野，以乐易恬性和、以探原辟理霖的轮回；

它可能是以人极安苦营，以笃实辉德新，不断重复的悲喜剧；

它可能是在不同文化碰撞中产生张力，并发越于面向未来的人生绝唱；

它可能是以温软的手指，触摸坚硬化石又疗救心理创伤的灵魂的矿工；

它可能是“古代”与“当代”、“民国”与“共和”之间文风经脉的接应二传；

它更可能是高擎“为天地立心，为生民立命”的火炬手。

诗歌是现、当代文化秘密的发动机之一。对古典的回响和对现代的通灵，将成就守正创新的风貌，发出真率的声音，盘活应有的艺术冲击力。

十四

新诗向来萧瑟行。新诗还在路上。我们既不忘初心又复现本心。求真的诗人，都是伟大传统和古老文明的寻道者、悟道者和传道者。

新诗要求诗人在生命的高峰体验过程中，拥有对于诗性、诗意、诗境的聚精会神，以甘守寂寞、磨砺锐熠的姿态，向思想纯度与艺术的界面进发。

新诗强调以基于“有理由的知识观”的建构性和原创性取代基于“外在的利益驱动”的从属性与实用性，恢复对“人”的信任与尊重。

新诗人也清醒地认识到个人本身能力的有限性。“天言不言，人言有限”。任何诗人诗作，不可能毕其功于一役，不可能不遭遇“反身性”难题，因之，要允许失误，承认失闪，反思失魂，继而在批判与创新中探求“合理性”重建。

通往新诗的艺术之路条条可通“罗马”，无论是阳光大道或是曲折幽径，每一条都可能绽放玫瑰，也都可能布满陷阱，不必步履匆匆地去“赶集”，宁可淡定，选准了志业操守，去完成诗歌灵魂的涅槃。

新诗的呈现是语言对于诗意栖居和诗性生命的呈现。在汲古润今、汲洋润中、自主创辟、诗语天下的过程中，也不妨以不过于“文”的“文”、不过于“白”的“白”和光昌流丽的“文白搭配”革新文体。

十五

我们业已获取的成就都是逝去的环节。目前在老、中、青换季之时，信息爆炸之际，我们不能不面对种种乱象、种种危机，不能不看到六艺根断、人心不古、传统难继、功利至上的困境。在我看来，当代诗歌比较普遍的问题之一，或者说最大的欠缺之一，是诗人对重大的人生、民生、命运问题的兴趣和发言能力之不足，对我们主要的生存状态、心灵悲欢乃至人类前途的深刻思考力和表现力之不足。

原因何在？就在不少诗歌“及物”时犯了一种通病：小情

小爱，小打小闹，小私小我，小花小草，媒体洗脑，口语狂欢，絮絮叨叨，不着边际，过度的小事化、泡沫化、琐碎化。表面上热热闹闹，众声喧哗，实际上构成了一种“无声的诗歌”。也就是说，诗人还没有用良知去有力地回答：这个时代有什么重大问题？这个世界如何面对战争与和平？这个人间应如何处理信仰与生命、强权与恐怖、邪恶与正义、自由与拯救等命题？诗歌又如何在一半是海水一半是火焰、一半是坠落一半是升腾中挣扎？诗人普遍不重视和无情的现实、真实的存在进行论辩，不注重对重大精神问题的认真思考。诗人们更需要的是如何去审美地处理和诗学地呈现这些重大命题。我们是精神生产者。代表哲学、美学追求的精神意象，需要诗人去把握。我们亟须把“无声的诗歌”转型升级为“发声的诗歌”。

十六

我们共同面对着“新诗何为”、汉语诗歌向何处去的问题，或者说，有一个带有文化战略方向性的问题。

在这里，我愿意提一点建议，一种思路，那就是鼓励和推动“大诗意写作”。因为足以代表我们文化精神的大诗人，必定是“大诗意”的写家、高手。而当下一些诗的问题，是“无意可写”或“有写无意”。

“大诗意”作品的主要特征是：

（一）有立足本土又把世界拥抱于心的襟怀；

（二）有为地球疗伤也为自身人性局限的救治；

（三）有对于现代感的审美化处理，突出“强化个性，简化形式”；

（四）有在艺术上和先贤、大师对话的能力，并能成就新的心灵搭桥；

（五）有足以震撼人们心灵的语言、声音；

（六）体式不分长短大小，既可缩龙成寸，亦可大开大合，但须有风骨、出气象。

十七

从艺术上讲，“大诗意”写作应建构独立的知识谱系。它至少包括这些元素：

其一，以互为主体的观照文化（包括古与今、中与外、新与旧、我与他、人与自然、人与文化等的相互观照）；

其二，以写意为核心的话语体系，使“有意味的语言”通过隐喻与转喻而具有独特的、既个别又群体的生命意义；

其三，以玄儒与自由的兼具为依托的诗性结构形态；

其四，以“形”“神”“道”“无”为归心的精神境界；

其五，以灵性动感为轴心的声调、节律。

需要补充说明的是，“大诗意” 不等于“泛诗意”，不等于大而空洞，不等于流行的“三分钟”美学。思想是大诗意的灵魂。

十八

或许有人会说上述的要求太高。但为什么不该有更高的标杆置于我们前面？素心丁香、超凡脱俗，那是闪耀在无法企及之处的大光。我对“好诗”、对“大诗”心向往之，期盼出现更多“中学为本、大美见真、诗凝时空、意逸若神”的诗作。天涯怀友云千里。让我们和衷共济，向优秀传统致敬，向山川大地取暖，向汉字母语亲近，向高思在云进发！

但愿我们无愧“为历史作证”的中国当代诗人。

Ⅷ　互动诗学

一

我们是在文化—文学命运共同体内进行诗学的互动对话。

先得有互动性的认知。需要确认一个基本的诗歌事实，那就是海峡两岸四地的诗歌是一体多元的诗歌。总体上说，这些诗歌是以中华民族的苦难、奋斗、命运、梦想为血脉，以母语思维与传统文化为本体，既母性又多重，是多民族、多地域、多样态、多语调、多变化的开放的诗歌。

“一体多元”是中华性的一体化和多元化的展开，是中国人文智慧的内在的、具体的统一。进一步论列，宜做以下的归纳和说明：

“一体”是指各民族、各地区的诗歌发展相互关联，相互补充，相互依存，合而为不可分割的整体。在这个“一体”中，所有归属的成分都具有高一层次的文化认同，有同休戚、共荣辱的诗歌情感和诗学道贯。

“多元”是指各民族、各地区的诗歌起源、生成、发展各有其相应的历史、文化、社会背景，从而显示出区别于“它者”的民族特色、地区特点和诗歌风貌。

在形成“一体多元”的诗歌过程中，存在着一个起凝聚作用的核心。汉族在中国文化起源中是主体民族，汉语诗歌是多民族、多元素中的一元，由于它历史地发挥了凝聚作用，而把“多元”汇合成一体。此时的“一体”不再是字面意义上的汉诗，而成为相互吸纳与融合的中华民族诗歌。

“一体多元”的诗歌最基本的特征是“和而不同”。本体为一，为和；外形为多，为不同，为各有所长，互补共荣。“和而不同”体现了“一”与“多”的辩证的和合与平衡，“集众芳以为美”，美美共生，既证同又求异，在比较、竞争中发展，“多元”因之而以互动的方式活跃于中国诗歌的整体视野中。

二

置于一个“大中国文学”的框架中研究诗歌，旨在强调经验的整体性与差异的互补。这里包含两层意思：在回望二十世纪中国诗歌时，一是打通“传统”与“现当代”，从中有效把握诗歌之脉，也探悉现、当代诗歌对“古典文学”悠远传统的回应，从而对诗歌现象、价值取向进行思索；二是打通“此岸”与“彼岸”，考量跨越了不同时空的共同母题之间的相互联系及其所表现的诗歌美学经验的丰富的差异性。某些基本母题一直在两岸四地存活与繁衍，但即便是同样的母题，因地域文化、社会文化等方面的差异而产生变奏，也造成了诗学实践的不同。

大陆作为本土文化的母体，近半个世纪以来有着独特的诗美流向与精神现象，新时期诗歌通过价值观念的逐步调整，走向更富有审美情趣的多样化世界；台湾地区因特殊的闽台文化和地理条件，体现着中原文化向海岛的延伸，同时在中西文化、诗歌的互通中获得新经验，呈现"放逐诗学"的吐纳与现代诗语言美学的实验；香港较早地开启城市化、信息化，诗歌界将大都会气息浸入现代汉语中，使之有了新的表现功能；人称澳门"一平方公里有两位诗人"，诗社笔会曾烟波无数，新体旧体双峰对峙，词人与人口比例居中华之冠。

有道是"两制连天堑，九州同一庭"，一旦进入整体的研究视野，不难揭示中国各地区诗歌经验的丰富性、差异性及其关于时空的文学想象与共同记忆，各自拿出当代最好的诗与对方分享，进而形成"淬炼传统、探索创新、两岸对望、四地互动"的活泼景观。

三

互动旨在"和合"。和合表现为一种认识主体进入物件内部所获得的认知统一性。一首杰出的诗是真善美的曼妙组合。对于物件的认知当有一般与特殊、共性与个性的辩证把握。诗是富有主体性、独创性的精神活动。因此，在寻求两岸四地当代诗歌的整体把握时，对于诗歌特殊性的研究应是题中之义。在当代，台港澳地区经历外来文化的大冲击和中原文化的再开发，中国和西方、传统和革新、古典和现代如何结合与融汇，沉重地拷打着诗人的灵魂，无论成败与混杂，皆构成了特殊的财富。需要防止的是量与质的吊诡性错位。诗的品质要求它与人文精神一起生长。瞬间的狂喜乃是对天地人寰的沉思与感受，并以特殊映示一般，编织着对人生的共感和对中华民族及其未来的梦想。

对于两岸四地的诗歌协奏而言，“和合”需要寻求高情思与高技巧的平衡，需要创造并峙高峰或并列深谷的大作。尤其我们目睹了太多的浮躁、轻狂乃至“玩世不恭”的游戏，因而格外看重深入人生和人性的高蹈述说，愿意倾听历史与现实的大海漩涡般的交响。

诗人在“和合”的旗帜下守望相助。我们以高悬一时代、一民族的诗歌文化之正大气象为神往。

四

在诗歌界，人们都喜欢谈论东西方文化/文明的冲突。实际上，东西方文化/文明的异质性或不可通约是客观存在的，二者之间本身没有冲突，真正冲突的是两种文化/文明的价值判断。

这些年诗歌界重视跨文化的对话，对话深入下去，人们就会发现，如果彻底瓦解自己的知识结构而迁就对方的知识结构，我们肯定要犯中国诗歌文化的“失语症”；也悟到，尽管强调对话，后来更加强调的不是了解别的文明，而是重新认识自己。多年大道走成河。余光中、痖弦从“走向西方”最后又“回到东方”，前卫的洛夫、罗门也要给李白、柳宗元“打一个电话”。我们有些诗人在追求现代化的过程中显出心态上的膨胀，咏叹之作多见“泡沫性”和“仿制性”。所谓“泡沫性”就是把西方的价值观念无限放大；所谓“仿制性”就是对西方的表达方式亦步亦趋。这两种倾向均不可取。

在这种情况下，讨论“当代性”和“民族性”的关系的确关涉今日中国诗歌文化之走向。然而就目前而言，两者“统一”不过是浪漫主义的理想，需要一个长期的过程。事实上，中国今日诗歌离不开“西化”和“化西”的两难命题，民族文化的自觉与全球化语境下文化价值的普世性企图之间存在着内在的紧张。

“内在的紧张”使当代诗人的精神极易陷入困境：一是因根经验的脱落而“断裂”；二是因价值观的冲突而“错逆”；三是因生态位的失衡而“边缘”。然而，对于诗人而言，活着是与命运搏斗，创作是对灵魂的审判。有必要经常想想“诗人何为”“诗歌何为”。诗与人自有救赎之道，那就是当自己确认为“文明之子”时，认同并传承独特的文化根系；当自己确认为“人之子”时，选择并认定先进的价值理念；当自己确认为“缪斯之子”时，“在边缘站立”也是一种生存方式。

五

以象形表意为遣词的汉语诗歌，从文化情境与艺术策略的源头上看，东方和西方明显不同，但两者可以互联、互通。

东方庄子讲“窍喻”，讲窍喻里的“气”；

西方柏拉图讲“洞喻”，讲洞喻里的“光”。

这也构成了中西传统诗歌的两个基本的知识“原型”：

庄子提供的是“气”—“听”—“虚”—“道”的理路；

柏拉图展示的是“光”—“看”—“幻”—“相”的图像。

“气”与“光”呈现艺术意象；

“听”与“看”获取艺术途径；

“虚”与“幻”显示艺术形态；

“道”与“相”体现艺术哲学的差异。

如今新诗人的努力，能否将“气”和“光”融汇起来？能否用诗行截断时间之流，筑起“诗—思—史”结构的堤坝？

六

在中西诗歌的远传统和近传统中，存在一个强大的、持续的“内心独白”的诗脉。

当一个诗人独悟人生、独悟天涯、独白心迹时，他会真诚地面对自己，面对一切幸与不幸，思考与回应人世间的一些根本问题。在一定意义上，相对于“外宇宙”，诗人的“内宇宙”不乏精彩——生命的原版和心灵的风景比什么景色都繁复，都美妙。

而且，沿着“内心独白”的道路，我们甚至也惊叹人类的精神世界，可以走得很远，但也可以相通——东海西海，心理攸同。在上苍面前，东西南北之人，黑白黄族之子，因灾难而生发的悲情不是一样的吗？流出的泪水不是一样的吗？再穷再丑的人不也和别人一样有尊严吗？自然，仅仅以自身为圆点（个人生活的原点、个人情感的缘点、个人悲欢的节点）出发的半径，其内心独白总是有限的。

倘若能以此圆点生发开去，辐射开来，则可以从有限达到无限。

那是世相与心思的契阔，一己体验的绵延，人类天性的磐石，声振林木的遏云。

爽丽骛远，点亮诗行。生活肌理和人间伦理因之而从潜隐状态升腾至昭昭灵薪，迥出尘埃之外，成为镶嵌在文明穹顶的星辰。

七

二〇〇四年九月，在北京举行的主题为“全球化与中华文化”的文化高峰论坛上，台湾大学教授兼“共同教育委员会”主任黄俊杰先生说过这样一段话：

“在传统与现代断裂、科技与人文失衡的今天，海峡两岸的青年大多对横面的移植多于对纵面的继承。他们不同程度地从传统文化中疏离出来，成为‘漂泊的灵魂，失根的兰花’，不知该走向何方，与古今中外的伟大心灵没有过亲切的互动。现在人人都拿一部手机，把未经沉淀的感情传播出去。他们与同时代的人对话太多，而与异时代的伟大心灵对话太少。”

我赞同这一说法。我们确实要与古今中外的伟大心灵多一些亲切的互动。我们应向先祖的智慧致敬。

在西方哲学一度陷入迷惘、西方人士借助“他者”进行文化反思时屡屡探究的东西，不难在中国找到答案。这正是使全世界的眼睛足以在当今为之一亮的原因。观我中华民族，绵亘五千年，广袤八万里，列四大文明古国而殊风仅存，虽饱经忧患而其命维新，并由历史和文明造就了中国人的民族精神和话语系统。宋人张载(1020—1077)云：“为天地立心，为生民立命，为往圣继绝学，为万世升太平。”此说恰切地表明了中国人灵台深处的担当意识、民本意识、传承意识和太平意识，也传达了精神传统的千古回响，亮出了中国人心底的那一片光明、凝聚和追寻。

中国人重其人，重其活得有尊严。为老为释，诗书礼易，汉儒宋贤，程朱陆王，代代所崇尚的，乃是为人谦恭退让，为文道德谋篇，为民敢歌敢哭，仁、义、礼、智、信五字并言。由此产生了“惜诵以致愍兮，发愤以抒情”(屈原)的艺术，产生了“国破山河在”(杜甫)的有浩气的篇章，产生了“安能摧眉折腰事权贵”（李白）的有“志”有“骨”的诗行，也产生了“九万里风鹏正举。风休住，蓬舟吹取三山去”（李清照）的浑成大雅。自尊、自爱、自强是著诚去伪的人格力量，是并非“遁世”而是“入世”的力量，是真正活得有尊严的力量。也因此，中国人精神上以立德为第一要义。德不在身而在心，从诗文到教育，亦都崇本息末，以德性化为精魂、为归宿。

中国人重经验，重传统。传统为经验累积而成。一部精神史昭示天命天运，而与人以共和。国家民族大群之盛衰、治乱、兴亡，众生之贤奸邪正，祸福之忧喜苦乐，万象之是非曲直，经验之一言一行，均化作笔底波澜，构成历史、经验与传统，通心而非通物。也因之，在中国人这里，旧学新知可一脉贯通。朱熹诗云：“旧学商量加邃密，新知涵养转深沉。”就文化精神而言，“学”唯求旧，“知”唯求新；“学”贵旧传统，“知”期新启发；惟能之有“旧”，始有“新”可达；如此通于地，通于世，斯知常矣，成就了精神与人生之大道。此“大道”为中国人的人文化成，上下古今，春华秋实，进退合一，师法相承，木铎传薪。正是这种“族”的精神生存方式，这种对文化传统和深层心理的认同，这种不可征服的中国人的脊梁，维系着黄土地上万千群类和中华文明的生生不息。

和过往时代的伟大心灵对话，不可机械性地误解，以致生吞活剥；应有创造性的解读，以求思而后积，凝视致远。

八

当代诗运用的是现代白话——活在当代人唇舌上的语言。一般地讲，进入诗中的现代白话的语言资源，有历代话本、日常口语、欧化白话、市井白话、民间话语以及多民族的话语。一时代的诗歌生命，正是依靠能用活的语言去表现情感和思想。然而，白话落实到纸面，仍是中文汉字。

我们现在面临着全球化过程中失去本土的诗歌经验和语言文化的危险，最令人担心的是汉诗语言的西方化。这与我们对自身的语言资源缺乏认知有关。德里达和罗兰·巴特仅仅从语音的角度就认定中文是没有能指的语言，此乃大谬。殊不知，汉字以象为本，是一种具有鲜明感性特征的视觉符号、语言符号、生命符号。世界上最古老的文字有三种：埃及的图画文字，苏马利亚和巴比伦人的楔形文字，还有就是中国的象形文字。如今，前两种文字都字母化了，唯独汉字作为形声互动的符号和显示感性信息的语码，不仅存活至今，还为诗性智慧和人文精神的霏布滋蔓提供了沛然的可能。从古至今，汉语所具有的多义、弹性、隐喻、佯谬、张力乃至以音系联、谐音游戏等，都显示了语言的非凡魔力。像“鸟”字，视而可识，察而见意，听而闻声，栩栩如生，包含了一种逻辑关系，一种美的画面。反观字母文字、枯燥抽象的“NIAO”，与之就没有什么可比性。

在汉语诗歌表述上,“字之多义”足资传送“情至多绪”,也很难用西方人的实证法寻辨文理。例如“断肠”一语,是西医用手术刀切断了大肠、小肠或直肠吗？显然不是。在蔡琰《胡笳十八拍》中,“空断肠兮思愔愔”,“断肠”是极言其悲伤之情;在白居易《井底引银瓶》中,“墙头马上遥相顾,一见知君即断肠”,“断肠”成了倏忽间的一阵欢喜;在李白的《清平乐》中,“一枝红艳露凝香,云雨巫山枉断肠”,“断肠”传达的是因香艳而销魂的感性迷狂;而在马致远的《天净沙》中,“夕阳西下,断肠人在天涯”,那愁肠寸断之人,浪迹天涯倍思乡,一语“断肠”尽得风流;现代口语“一寸断肠千万结”,用山西民歌“难活不过人想人”去回应,道出了亲朋好友之间的心理联结。各地区的大量丰富的民间语言资源,更证明了“有限”的汉语能指“无限”的诗情意绪。况且,外来语言进入汉语以后,汉语对其有强大的改造功能和灵巧的更新功能(如“康桥”“翡冷翠”等)。

时至今日,汉语越来越丰富、越出彩。在抵制文化英国化、美国化的过程中,汉语可能是最有效的一种力量。英文在国际交往中处于优势地位,但说到底,充其量是我们了解和认识世界的工具,而汉语才是我们母性的声音,是真正的根。遗憾的是在更年轻的一代人中,“计算机失语症”一族的队伍日见扩大,网络诗歌中汉字、拼音、英语混杂使用并力主“怪、错、别”。语言环境被污染,这种情况越来越令人焦虑。

看来要获得主体性,讲究在复杂语境中的修辞能力,首先要对汉语自我认同，自觉活用，自铸雅词。这也是我们在当今诗歌互动中必须正视的一大课题。

九

简洁和精致是才能的姐妹。

这种艺术才能的可贵之处在于对细微的掌握、对即兴的捕捉与对恒久的渴求，并将三者用诗的方式结合起来。

简洁不独独关注以炼字为依据的“诗眼”，不是简单、表面的删繁就简。简洁来自诗中句子与句子之间有节律的绵延，来自语感和语调之间有映衬、有弹性、有张力的关联。

精致使诗成为一种人生的品味，一次奇妙的想象，一道时间的“情境化”和空间的“信息化”互文互动的风景。精致具有内在的质地，触及经验的隐微和语言的纤维。它所承载的分量往往可以胜过叙录类作品的整套马车。

在追寻简洁和精致的过程中，从情感到艺术的转换与变奏问题，显得十分重要。这里有三个转换：由浅层触知向深层感悟的递进；由外部体验向心意结构的推移；由混沌的情绪感觉向确定的生命象态的转化，从而于示意中心爆发诗意之光。在以特殊的诗感拨弄词汇时，也有三个变奏：由常识性表象化符号变奏为非常识性知觉化符号；由本体语态变奏为喻体语态；由物性语态变奏为“物”与“心”相对应的语态。

十

诗人是一种姿态；诗歌则更是一种感觉。

诗感觉着自己，也感觉着别人。有感觉的地方就有诗的存在——问题是你的发现；有诗的地方也会有感觉——关健是你的体悟。当一个人爱上诗的时候，这个人一定会更爱这个世界。

这种感觉告诉我们，诗是一个非常人性化的"场域"。这里的朋友和善，充满爱心，懂得良知，守望相助，没有私利的牵扯，行吟有瘾，幻想有瘾，茶酒有瘾，会友有瘾。诗人之间所关心的，并非他或她走高到了哪一步，而是他或她应如何摆脱正面临的困境、疼痛或哀伤。这样，诗就不仅仅是玫瑰，而是真实的生命状态所构成的虚拟的理想世界。在这里，诗让人们回到心灵最深处的坦诚和互信，它能给我们很多温热，能够让人们始终依从自己的良心为人处事，能使一个强者随时会对弱者伸出援手，能让人感觉到一个个生命体沐浴在充满宇宙感的柔光之中。

十一

在这个不断物质化、世俗化、欲望化的时代，欲望的逻辑往往强于灵魂的逻辑。因之，在互动的诗学中，肉体与灵魂、欲望与审美的关系，不能不提到当代诗人的日程上来。

“身体写作”“胸口写作”“内分泌写作”已成为欲望化的面具。

且看“下半身”写作者的告示：“所谓下半身写作，追求的是一种肉体的在场感，注意，甚至是肉体而不是身体，是下半身，而不是整个身体。”“我们只要下半身，它真实、具体、可把握、有意思、野蛮、性感。我们更将提出：诗歌从肉体开始，到肉体为止。”

“胸口写作”者则宣称：“女人的乳房是很敏感的，是女人最漂亮的部位”，“胸口写作对男人充满了诱惑力”，“令人胸口发胀”并有“想要做点什么的冲动”。

精神与情感原本丰富复杂的人，被某些“内分泌”写作者简化为力比多宣泄的“取暖运动”，还有什么灵魂可言？内心成了一片没有生机的荒原。

将诗歌蜕变成性和欲望的代名词，无疑是一种等而下之的“行为艺术”。以此类“心藏大恶”的作品介入公共领域，坦率地说，实属诗界的“非典”。

诗唯有由欲望到审美，抵达精神世界的“至一”境地，灵魂才能得以安顿与澄明。这是诗人面对世俗更健全的担当。

十二

中国诗歌有过惊神泣鬼的巨篇，但更多的是以瞬间的宁静致远于永恒的短章。

瞬间与永恒构成了诗人的吟唱方式。诗因之而成为让我们在思想上、精神上可以飞起来的自由物。它让我们对那些琐碎的、庸俗的事物予以剥离，让我们对那些充满利害和铜臭气味的事件予以决绝，让我们对种种权势话语与奴性话语予以排拒，从而徜徉于圣洁、高蹈的诗思之中。

诗思之飞是一种想象的历险。

《庄子》外篇《山木》一节讲过一则寓言：庄子行走山里，见一大树，枝繁叶茂。伐木者止其旁而不去砍取。问其故，答曰："无所可用。"庄子说："此木以不材得终其天年！"称此大树为"无用之用"，既安然地享尽自然寿命，又让人们大树底下好纳凉。

诗亦像此类大树一样，有"无用之用"。它不带来经济效益，不会使人升官发财，却会"润物细无声"，像一只隐形的手微妙地左右我们的情感、行为、思想、人生的变化。尤其是将瞬间转化为永恒的篇章，其"无用之用"实为"大用"，影响着一代又一代人的精神生活。

十三

同脉异体，"新""旧"互动。

舒婷在《双桅船》里有两句诗：

> 雾打湿了我的双翼，
> 可风却不容我再迟疑。

两句新诗，被故宫博物院原院长郑欣淼做了古典式的"翻译"，改写成两句五言诗：

雾湿双桅翼，
风催一叶舟。

难以评判孰优孰劣，谁高谁低。至少说明，新体诗和旧体诗在意境上是完全可以相通的。自然，前者感受的是前行中的艰难与紧迫，后者传递了弄潮时的波动与飘逸。同脉异体，相得益彰，校正着迷茫与落寞的方位。

这也同时说明，我们总会在汉语言文字里相逢识君。因为这里是血脉、龙脉、心脉、文脉融合一体的富矿，可以有新旧交集、互训、互动的开采法。

十四

我们曾在“大我”和“小我”的问题上争论不休，扬“大”抑“小”往往构成主导话语。

趋“大”的诗人，偏重于拥抱社会、贴近现实、关心民瘼，赋予诗以气势；趋“小”的诗人，执拗于彰显个性、独善自身、了无牵挂，追求内在的真性情。但两者若趋偏锋，皆有走火入魔的可能。前者以“诗爷”自诩，居高临下，大而无当，似乎拥有道德和情操的先验权威，以“豪诗”教导别人，却显得失真的夸张和矫饰；后者以“个我”自闭，独怜孤芳，我行我素，极端了，会使诗质变得乖戾。

通常情况下，诗人会在“大”与“小”之间起伏、摇摆。能兼得二者之长处，在一种高境界中互文，“大”寓于“小”，“小”中见“大”，方为有气度的诗人、诗作。

十五

要实现“诗作者”和“诗读者”两者之间的互动，重要的桥梁是“编选者”。诗人所作，很可能百分之九十是垃圾，百分之十有诗性的、创新的元素。“选学”就是从百分之十中选拔标杆。

作为编者，自然首先在诗与非诗之间进行选择，但仅仅这样做是不够的。因为不少作品并非没有诗的内容和形式，但由于它们没有成就对审美情感的塑造，因之无法纳入读者所能接受的美学范畴，也难以在中国当代诗歌审美理想的坐标上确立位置。

这就要求我们以历史和美学的双重目光去进行严格的艺术选择。这也是艺术积淀法则所赋予每一位编选者的职责。我们自然也就请来“诗美”作为我们的法官。

希望含纳如下因素的诗美的魔力在诗歌选本中真正起到作用，并且把反响板上的琴弦切实地拉紧：

——诗人不能向永恒的春天逃避。当代诗歌的庄严使命是歌唱我们的土地和土地上的风云。这意味着，诗是以最诚实的目光投向现实的一种激情，更是用崇高的审美意识对生活的个性化的观照。它必须弃置“直说”和“贴近”，放射出空灵的诗美之光。

——诗存在于我们现在还缺少的东西中，存在于我们正在寻求的事物里，存在于我们探索与憧憬的地方。诗美的实质是一种精神的向往，由此而在人的心灵的燧石中激发出闪光的火花。越是把诗美运用到真实的血液和灵肉里，越能显出诗之禀能的深刻与高超。

——诗的本身就是开阔和自由。这里有两个空间：宇宙的空间和心灵的空间。诗人的幸福是对这二度空间的高度体验和自由发展。也只有在开阔、自由的空间进行创造性思维，诗人的一切才智与情思才能全面地发展起来。

——诗是抒写心灵的艺术，是表现情感与经验的艺术。它在文学之少和内涵之大这两者之间造成中间地带，既融汇了生活正在跃动的激流，也留出了可供读者想象的天地。题旨的单调浅薄和仅做外在的张扬是诗之不幸。只要在确实存在而又健康向上的思情范围内，那么，内容的多义性、结构的开放性、情绪的朦胧性，无疑可以指向诗意的丰富性和高容量。

——诗人之忌是长久地在语言的恒温层中逗留。陈陈相因和停滞不前是诗歌之敌。尽管诗人总是不由自主地同诗歌史上的种种变迁联系着，但不断的创新是他生命的轮子。在诗美面前摆着的是一面对人的常新的精神需求十分敏感的镜子，它能令那些有新奇的艺术发现的篇章光彩闪耀，亦能令“正确的废话”黯然失色。

——由于可以入诗的东西像树一样纷繁，也由于审美心理结构复杂的方程式中不同比例的配合和组织，作为物化成形的诗美晶体，自有诸多的形状与色泽。不同风格、派别、形式的诗作会给你以不同的美感，只要它是作为审美理想的传达，只要它由时代、人生的内容转化为艺术。没有必要去为哪一类作品争高低，每一颗闪耀的星星都应该受到珍爱。愈是多一种星辰，艺术也就愈增添一种美。

选家都不是造因者。但选家愿意和读者一同上路，一起打开诗美的视野。在这视野中，让多年来关于诗的争论得以消融，而把真正的好诗留给心灵和鸣的伴侣。

十六

当今诗人，存在着如何坚守“边界”的问题。

这里包括三层意思：其一，诗学有自在的规律，其要义是真实、生命、心灵、信仰、美感五种元素，且以母语汉字为载体。在此“边界”内，探索、选择和追求有其合理性，也有其价值。否则，随意“越界”，可能“非法逃票”而落入别的陷阱。其二，“边界”是需要“守”的。你不“守”，往往一些本来含有合理性的命题会走向反面，成为伪的、荒谬性的命题。例如，“破除迷信”“卑贱者最聪明”的命题本来没错，但一旦用二元对立的思维，用“破字当头”的方式去处理，就变成了反知识、反文化、反精英，什么“民粹写作”“痞子写作”“无产者写作”连带失控的粗话痞语都上来了，“边界”也就“失守”。其三，“边界”既意味着“坚守”，也意味着“宽容”。如果只认为自己的“边界”是唯一正确的，而容不得别人的选择，那本身就是一种局限，就有可能发展成霸气、霸道。

“跨文本”“跨学科”是可以的，但也要以“我”为主，汲“彼”润“己”，保持创作与研究上“与天地精神相往来”的独立性和独创性。那种跟风式的转向或犬儒式的妥协均不可取。

中国人的精神脉动，往往是“以文始而以诗传”。“文”重人文，“诗”重审美。坚守“边界”，持经达变。在被市场牵着鼻子走、“繁”而不“荣”的文坛，当代诗歌何为？需要“三拒绝”：拒绝工具理性，拒绝文而不化，拒绝使命感的失落。需要“三坚持”：坚持人文理性，坚持重读传统，坚持民族的自主性和诗歌的本体论。在全球性文化交流的时代，要将文化焦虑转化为文化自信，洞悉中国诗之来龙去脉，开发传统文化资源，进一步将其盘活翻新。

十七

互动诗学给予我们的重要启示是作为人，期盼“诗意地栖居”；作为诗人，更是“诗性的栖居”——生活着，劳作着，创造着。

诗性是立足本土，视通万里，仰望星空；

诗性是与真理、仁义、大爱为邻；

诗性是天、地、人、神四重奏；

诗性是高层次的内心秩序、精神和谐。

传承与创造是诗性的逻辑。逻辑的结果是生长出新诗学的互动法则：

倚仗文化本源，立其主体；

参验外缘学说，变其观念；

把握现世脉动，求其节奏；

鲸吸绝壤殊风，活其意象；

取融古今律吕，出其心裁；

发越迎向未来，张其新帜。

十八

依照互动法则进行创作的诗人都向往光明。泰戈尔把“光明”视为“我的宝贝”——“呵，我的宝贝，光明在我生命的一角跳舞；我的宝贝，光明在勾拨我爱的心弦；天开了，大风狂奔，笑声响彻大地。”（冰心译）艾青也因之而有《向太阳》《光的赞歌》等名篇。

泰戈尔所言极是。“一个民族，必须展示存在于自身之中最上乘的东西，那就是这个民族的财富——高洁的灵魂。”诗歌不仅仅是一种文学门类，更是和人类文明状态与人性深层世界相关联的心灵建造。一部诗史，是一个民族的思维方式史、文化性格史和审美风尚史，我们因之而需要在如何“建造中华民族心灵”这一系统工程的命题下做诗意的文章。

就当代诗歌而言，如果以为只有“甜甜蜜蜜”的赞歌或“要死要活”的情歌才是诗，那是审美上的偏差与欠缺。今天，在历史的过渡时期，我们生活得更繁忙，也更沉重。那么，民众在关注什么？在期待什么？他们的生存状态和灵魂状态如何？人们在对个人与族群、古往与今来、时间与空间的省悟中，如何寻觅生命的位置？诗人又怎样以智者的目光审视世界也审视自身？我总想，不同“主义”，不同“书写模式”的诗人可以“到处放歌”，但不同的新诗，应从不同的侧面寻找“心灵的家园”——从人生的艰辛及其希冀的种种痛苦中，提炼审美的惊喜，创造动人的绝唱。

长亭听云。云涌回声。这声响，该是富于中国美学与哲学意义的灵台大音。

主编后记

时隔两年,《当代新诗话》丛书顺遂出版第二辑共五卷,可谓“更上层楼”而佳话有续。

2015 年初夏,由赵毅衡《断无不可解之理》、于坚《为世界文身》、陈超《诗野游牧》、耿占春《退藏于密》、沈奇《无核之云》联袂亮相的《当代新诗话》丛书第一辑,历经近三年选题策划、约稿及编审,终于如期结集,全部精装印制,由陕西人民教育出版社隆重推出。

丛书出版发行后,虽因诗与诗学毕竟小众边缘,一时未能“盛名天下”,但也以其独得之秘而“填补空白”①的底气与特

① 这里所指的“填补空白”,大体就近二三十年出版界而言。之前,自 1985 年 1 月至 1991 年 5 月,北京三联书店曾断续出版过《今诗话》丛书,共计 11 册,按其出版时间先后排序,具体分别为罗洛《诗的随想》、荒芜《纸壁斋说诗》、流沙河《隔海说诗》、邹荻帆《诗的欣赏与创作》、邵燕祥《晨昏随笔》、绿原《葱与蜜》、公刘《乱弹诗弦》、牛汉《学诗手记》、曾卓《诗人的两翼》、谢冕《诗人的创造》、彭燕郊《和亮亮谈诗》。

色，引起诗界、学界及出版界不小的反响，并入选“陕西新华出版传媒集团2015年度十大好书”，进而荣登全国“2015年度好书榜”。

隔年五月，著名青年学者、诗评家刘波，在中文核心期刊《南方文坛》2016年第3期，发表《再造汉语诗学传统——由〈当代新诗话〉丛书观诗话写作传统的拓展》书评论文，认为“这种新诗话的创造，应当是对古典诗话精神最好的传承与拓展”。并且，“让这一文体充满新的魅力”，“为我们带来了令人耳目一新的再造汉语诗学传统的别样体验”，而“成为这些年来，现代汉语诗人和批评家们，重新探寻诗话这一文体的集约型亮相，同时，也填补了近二三十年当代新诗话出版空白，以期促进对诗话的研究，实现其学术价值的拓展”。

由此，本套丛书从编选到出版，所秉持的“对当代中国诗歌美学景观和精神图谱，作另类文体解读而创新说，成为承正脉而别开一界的重要文本”的核心理念，及其“促进现代汉语诗话之研究，现代诗学之发展，及相关学科研究方向与视野的扩展。同时，也为广大诗歌与文学研究者和爱好者，提供一份别具参考意义与阅读趣味的特色文本”（本书“选题策划”语）的价值期许，得到了初步有效的实现。

诗虽小道，国魂所系。时值新诗百年，革故鼎新、与时俱进中，如何于全球一体化大潮拍岸间立定脚跟，重新找回并确认我们的文化身份，实为功在后世千秋的大事。于此，内化现代，外师古典，重树典律，再造传统，正成为当下学界业界之共识。

同时，“转基因”之新诗及其新诗诗学，经由百年“移洋开新”的“现代化”历程，也终能得以在新的历史节点，于部分学人和诗人的思与诗中，反顾汉语传统，倡扬汉语气质，更是值得珍重和守望的事情。

当此关口，《当代新诗话》丛书连续结集出版，以求由个案之经典而成谱系之经典，板块呈现，集约展示，“既填补历史之缺憾，又经营目前之务实”（第一辑《主编后记》语），并由此开启了一扇别具意义的当代新诗诗学“新窗口”，确然正当其时而厚望可期。

第二辑《当代新诗话》丛书，还是以五卷结集。分别为杨匡汉《长亭听云》、简政珍《苦涩的笑声》、臧棣《诗道鳟燕》、泉子《诗之思》、胡亮《琉璃脆》。其“阵容”排辈，依序为20世纪40年代、20世纪50年代、20世纪60年代及20世纪70年代，“老中青”三代佼佼者，济济一堂而气象纷呈，各显千秋。

同时，依循前例，各卷皆以序言开轩，或可添彩导读美意。其中，臧棣、泉子、胡亮三位，各自邀约同道好友赵卡、耿占春、茱萸为文，而耿占春还是第一辑之《退藏于密》的作者，难得此番再续佳话。杨匡汉、简政珍两位，一时忙中无从顾及，特由主编代为邀请云南大学王新教授、三峡大学刘波教授两位新锐青年学者为序，如期斐然，成其圆满。

本辑卷一，系杨匡汉先生历时两年，特别辑录和补写的诗话专著。先生资深，而文心谨重，一部《长亭听云》，既与古典通合，又与现代呼应，格高思逸，不落凡近，如王新序文所言，无愧为“有性情，有品味，有识见”的现代诗话，且“特别葆有了古典诗话鸢飞鱼跃、披美缤纷的人文生态”。同时需要特别说明的是，匡汉先生原本就是这套丛书最初动议及选题策划人之一，最终复以作者加盟，玉成全局，实在堪可珍重。

卷二《苦涩的笑声》，为台湾著名诗人、诗学家简政珍教授的精深之作。犹记二十年前，笔者初次拜读政珍先生赐寄诗学新著《诗的瞬间狂喜》，以简篇而约无穷之致，及其富于收摄与整合力的学者风范和超凡才具，确然不虚盛名而令人折服！二十年后，耿耿中隔海约稿，先生如期赐达而精深如故，如刘波在序言中所指认的，“既有技艺的锤炼，又有深厚的人文情怀，他这些精短的文字，在异质性转换中带着解析诗歌的普适性美学”。

卷三《诗道鳟燕》，乃近年蜚声海内外的北京大学诗人学者臧棣之作。机缘凑巧，二十二年前赴北大拜谢冕先生门下访学时，得以结识臧棣，一握如故。此后虽来往不多，却念念在心。《当代新诗话》第一辑选题申报时，原本六卷，其中就有

《诗道鳟燕》,后因臧棣忙中不及修订,这才推至本辑。结集之前,此书内容已多有刊布,影响广泛,正如赵卡序文中所言:"《诗道鳟燕》是一部闪耀思考之光的'书'","臧棣发明了一种加密而自相矛盾的批评话语编码体系,这种编码体系已经形成了一套特殊的语言美学","是自新诗诞生以来中国现代汉语诗歌研究的重要收获之一"。

卷四《诗之思》,为青年诗人泉子潜沉多年专门撰写的系列诗学札记,深心静力,博思约取,集腋成裘,断续发表后,得同道瞩目。此次结集,从原稿两千多则中精选集萃,以"探究'诗得以发生的秘密'为核心主题","植根于修辞转义结构中的思想方式","以差异与等值替代了思想的同一性,用转义和生成性替代了本质论,以悖论的修辞取代容易被误解的概念体系","因此它不能被否定,也不能轻易证明对与错,就像诗歌本身那样,成为思想自由的象征"。(耿占春语)

压轴卷五,系以民间学者而一举全票斩获第二届"袁可嘉诗歌奖"之诗学奖的青年才俊胡亮,新就诗话专著《琉璃脆》。识胡亮多年,其集渊雅与谨严于一身的少年老成,及其在批评文体方面的孜孜以求,每每令人感佩。此次特约专候得之,"卷上内思,卷下外观,又在此两种类型之外,另开一条熔铸古今、指点中外的路径"(茱萸语)。细读之下,语虽玄寥而自有来去,横生逸出而思精虑细,看似散发乱服,实则正襟危坐,古今混搭,中西交嵌,复于分延与变奏中自成一家,特地亮眼。

至此，二五一十，五载毕其一功，《当代新诗话》丛书竟得十卷集成，别开一界，略备格局，实在不胜欣慰！

——俗语说"好事成双"，实则学问之道，"成三"许得方能筑基；两辑行世后，窃想后续步程，或可"逗引"新知加盟，终成大观，也未可知。

最后，代表所有作者，再次深切感谢坚持这套冷门丛书连续出版的陕西人民教育出版社！感谢从选题策划动议到具体编校发行操烦，付诸爱意与辛劳的田和平总编、马晓侠编审、各卷责编、校对与装帧设计家们！

——想来所谓"为他人做嫁衣"者，亦如著书立说做学问者一样，事功于日常之外，总还是唯愿能有一二"代表性"作品，足以立身入史，以释理想与情怀所在，尤其对身处"边缘地界"的出版人来说。但愿这套丛书的编辑出版，不但能实现这一"边缘与中心对话"的愿景，还能为所有参与其中者，留下一份山高水远的美好记忆！

是为"主编后记"。

沈奇　2017 年 5 月 2 日于西安终南印若居